愛のレイティング AAA 上

アナリストの憂鬱

井村仁美

white heart

講談社X文庫

目次

鷲崎《わしざき》 勲《いさお》
37歳
183センチ

ワシザキ・リサーチ・インスティチュート社長

伝説のストラテジスト。常に日経アナリストランキングの上位にランキングされる。

2度の離婚。2度目の妻はリチャードソン証券法人営業部部長・西山麗子《にしやまれいこ》。

相手が好きになると、周りが見えなくなる。自分に絶対の自信がある。

以前はスミス・シェファード証券経済研究所に勤めていた。

五十嵐《いがらし》邦彦《くにひこ》
25歳
175センチ

スミス・シェファード証券経済研究所　企画調査部

エレクトロニクスグループ所属。

気が強く、自分に自信があるものの、たたかれると弱い。

鷲崎に押され、半同棲《はんどうせい》生活に突入するが、割り切れないものを感じる。

また彼に、自分の会社に入るように強く促されているが、実力が伴わないからと固辞している。

愛のレイティングAAA
人物紹介
CHARACTER PROFILE

鳥海潤《とりうみじゅん》 29歳 178センチ
ワシザキ・リサーチ・インスティチュートの社員でアナリスト
一見穏和だが、社長と五十嵐の間に波風を立てて楽しんでいる、考えが読めないタイプ。
仕事に関しては有能で、4歳年下の邦彦のコンプレックスの元となっている。

ジェフリー・S・ウィリス 27歳 190センチ
スミス・シェファード証券アメリカ本社に勤める、日本贔屓《びいき》（特に邦彦贔屓……）のアメリカ人。
親が離婚したので離れて暮らしているが、現社長の息子で、将来は社長の座を狙っているという実力と野心の持ち主。

大熊森夫《おおくまもりお》 30歳 187センチ
能育社《のういくしゃ》編集部勤務
業界大手の出版社で、経済関係の本を出している部署に所属。
派手なアロハシャツをいつも着ていて、邦彦たちの度肝《どぎも》を抜いているが、仕事面においてはやり手の編集者。
だが邦彦を見る目は妖《あや》しい。

イラストレーション／如月弘鷹《きさらぎひろたか》

愛のレイティングAAA［上］

アナリストの憂鬱

1

今年はいつもより暑くなる時期が早いようだ。

いくら月末とはいえ、まだ六月だというのに、通勤電車がスミス・シェファード証券経済研究所のある大手町《おおてまち》に着く頃には、五十嵐邦彦《いがらしくにひこ》のワイシャツは既に汗ばんでいた。

研究所の自分の席に着くなり、邦彦は背広を机に投げ出し、ワイシャツの一番上のボタンを外し、ネクタイを少し緩めた。

「あっつい」

汗でべとべとして気持ちが悪い。邦彦は急いでハンカチで首を拭《ふ》き始《はじ》めた。

研究所が入っているこのビルは常時適温に調節されていて、ここにいる限り外界の暑さは関係ないが、さすがに通勤時はそうもいかない。

ここのところ急に暑くなったせいで、朝の通勤ラッシュは、いつにも増して不快指数が上がっている。

ノート型のパソコンのスイッチを入れ、メールをチェックしながら、机に配られてあるウォール・ストリート・ジャーナルやヘラルド・トリビューン、フィナンシャル・タイムズをざっと見ていると、ようやく少し汗も引いてきたようだ。

それでも、とてもまだネクタイを締め直す気にもなれず、緩めたままフロアの端に設置されているコーヒーメーカーのところへ歩き始める。

ここスミス・シェファード証券経済研究所は、大手町の一画、日比谷通《ひびやどお》りに面した二十階建てのビルの九階から十二階までを借りている。

日本の研究所に比べると三分の一程度しかいない外資系証券会社の研究所で、入社後は証券アナリストの試験に合格することが必須《ひっす》とされていた。

それをクリアしないと昇進が遅れ、主任クラスになっても合格しない場合には、契約が打ち切られることになっていて、毎年数人がフロアから消えていた。

今年四年目の邦彦はすでに試験をクリアしていて、企業調査部のエレクトロニクスグループの駆け出しのアナリストとして、毎日を過ごしている。

株式・債券市場を調査・分析するアナリストという職種は、三種類に分けられる。業種ごとに企業を調査するアナリストと、経済全体の動きを分析して、経済の予測をするエコノミスト、それに経済動向を見るマクロ経済と産業や企業別の動向を調べるミクロ経済の両方を研究して、その上で投資戦略を考えるストラテジストである。

　コーヒーメーカーのところへ行くと、エレクトロニクスグループの他のメンバーが顔を揃《そろ》え、一心に何かを見つめていた。

「おはようございます。どうしたんですか、皆さんお揃いで」

「おはよう。な〜に、五十嵐さん。だらしない格好しちゃって」

　開口一番眉《まゆ》を顰《ひそ》めたのは、同期の水沢《みずさわ》千鶴《ちづる》である。彼女は長い髪をアップにまとめ、涼しそうな白いブラウスに、水色のスカートを穿《は》いている。

　こういう時だけは、背広にネクタイという、気候に合わない洋服を着なくていい女性が羨《うらや》ましい。もっともそんなことを言おうものなら、「男性は背広を着ていればいいんだから楽じゃないの。五十嵐さんは、毎日洋服を替えなくちゃいけない女性の大変さがわかっていないわよ！」ぐらい言われかねないが。

「暑いんだよ。電車の中はムシムシしちゃってさ」

「そうなんだよな〜、この季節は嫌だよな。ほれ」

　同感とばかりに深く頷《うなず》いて、山積みにされているカップから二つ取ると、コーヒーメーカーの横に置かれた小型の冷蔵庫を開け、カップに氷を入れてその一つを渡してくれたのは、二年先輩の川口芳郎《かわぐちよしお》だ。

ちなみに川口も、邦彦と同様にネクタイを緩め、額に汗を浮かべている。彼も今来た口だろう。

「すみません」

邦彦は自分のと川口の両方のカップにコーヒーを注ぐ。そして砂糖とミルクをたっぷり入れた。これでアイスコーヒーの出来上がりだ。

美味《おい》しそうに飲みながらも、邦彦と川口がなお汗をかいていると、エレクトロニクスグループ代理の湯原弘道《ゆはらひろみち》が見かねたように言う。

「おまえら、もう夏物にしろよ。間物《あいもの》じゃ暑いだろう」

そう言う湯原はすでに、しっかりと夏の薄いズボンを穿いていた。結婚するまでは、どこの誰よりも一番遅く衣替えをしていた湯原だったが、変われば変わるものである。去年結婚して、幸せな新婚生活が続いているのだろう。

「わかっているんですけどね」

「湯原さんはいいですよ。俺たちは一人暮らしだから、なかなかそこまで手が回らないんです」

邦彦と川口が口を尖《とが》らせていると、課長の辻谷伸二郎《つじたにしんじろう》が、彼らしくない皮肉な笑みを浮かべた。

「まあ、湯原もそんなことを言っていられるのも今のうちだ。子供でも生まれたら、亭主のことは二の次、三の次になるんだからな。せいぜい幸せを享受しとけ」

辻谷はもちろん、まだ問物のズボンを穿いている。しかもプレスがぴしっとよく利《き》いていそうな湯原のズボンとは違い、皺《しわ》が寄っていた。

子供が三人いる辻谷の家庭では、なかなか辻谷の世話までは行き届いていないらしい。瞬時にそれを見て取ったアナリストの面々は、素早く顔を見合わせると、咳払《せきばら》いをした。

「ああっと、今日は暑いな、五十嵐」

「まったくですね。今からこれだと夏が思いやられますね」

川口と頷きあった邦彦は、襟の端を摘《つま》んで引っ張り、もう片方の手を扇形にしてその隙《すき》間《ま》に向けて扇《あお》ぐ。先程よりネクタイが緩まるが、風が入ってちょうどいいくらいだ。

同じように手で扇いでいた川口が、突然ぎょっとしたように目を剝《む》いた。

「おまえ……」

「はい?」

「あ……いや……」

何かを言いかけて口籠《くちご》る。

（なんだ？）

しかしそれ以上言ってきそうにない。邦彦は内心で首を捻《ひね》りながら、

「それで話は変わりますが、さっきから皆で何を見ていたんですか？」

「そうそう！　それなのよ！」

邦彦の問い掛けに乗るように、千鶴が日経《にっけい》を広げて彼のほうに向ける。

「昨日のだから、もう読んだ？」

「え？　昨日の……？」

ドキッとする。

いつも日経は読んでいるが、昨日は別だ。新聞を読んでいる暇がなかった。というのも、一昨日の土曜日から昨日の夜まで、邦彦は鷲崎《わしざき》のマンションにいて、新聞どころかテレビを見る暇さえ与えられなかったのだ。

鷲崎勲《いさお》――自ら興《おこ》したワシザキ・リサーチ・インスティチュートが業界で高い評価を得ている彼は、かつてこのスミス・シェファード証券経済研究所で、ベンチマークを超える運用パフォーマンスを上げるストラテジストとして活躍し、伝説の男となっている。

日経アナリストランキングでも、ストラテジスト部門で日本人として最高位の第三位を取っていた。

そして、そんなすごい肩書を持つ男はまた、邦彦の恋人でもあるのだ。しかも仕事では絶対に見せない子供っぽい独占欲を丸出しにして、邦彦に迫ってくる。

この二日間も、邦彦を放そうとしなかった。

(いくらここのところ忙しくて、会っていなかったからってなぁ)

実際、邦彦だけでなく、鷲崎も珍しく土日まで仕事をしていて、二人が会うのは三週間ぶりだった。

『邦彦は私に会いたくなかったのか?　ん?』

『そんな事は言ってないだろう!?』

『だったら、ほら——』

そう言ったと思うと、鷲崎は邦彦を抱き締め、熱い唇を押し当ててきて——。

(ちがーう!　俺は何を考えているんだ!)

毒されている。あの男に絶対毒されている!

心の中で毒づくと、意識を目の前の新聞に集中する。幸いなことに、他のメンバーは千鶴が指差した紙面を注視するのに忙しいらしく、邦彦の動揺を見ている者はいなかった。

「やっぱりすごいですよね」

「う〜ん、一位か〜」

千鶴はうっとりし、鷲崎とは同期だった辻谷は腕組みをして渋い顔をしている。川口と湯原はしきりに唸《うな》っていた。

邦彦はそんな彼らの姿を横目に、千鶴が指し示している箇所を凝視した。

すると――。

（丸善《まるぜん》ビジネス書ランキング……「一位『誰にでもわかる資産運用』鷲崎勲」……鷲崎？……鷲崎……！）

「ええ～っ⁉」

考えるより先に、叫び声が喉《のど》を突いて出る。

途端に、広いフロアを仕切っているベージュのパーテーションから、他のアナリストたちが何事かと首を突き出してきた。

「すみません、なんでもありません」

邦彦が慌てて片手を左右に振り、川口たちが苦笑いを浮かべると、ようやくまた元に戻る。

「五十嵐、声がでかいぞ」

「すみません」

湯原に注意され、頭を下げるものの、視線は新聞から動かない。それぐらいショックだった。

　そんな邦彦を、千鶴は擁護した。

「五十嵐さんが声を上げる気持ち、わかるわ。私も昨日見たとき、家でおんなじだったもの」

「水沢さんも？」

「俺もだ」

　川口も頷く。

　湯原と辻谷は叫びこそしないものの、昨日は心の中で同じようなリアクションを取ったのだろう。

　特に鷲崎と同期だった辻谷は、思うところもあるのではないだろうか。

（鷲崎さんの本――）

　邦彦は鷲崎が本を出したことを知らなかった。

　もちろん鷲崎にはこれまで何冊も著作があるが、それは邦彦と知り合う前のことだし、仕事の性格上、敢《あ》えて互いの仕事には触れないようにしてきた。

　知らなかった分、鷲崎の本がビジネス書で一位を取ったという事実は、衝撃が強い。特にストラテジストへの道を決心した今は。

（それにしても、ここのところずっと忙しかったのはこれだったのか）

鷲崎が土日も返上で働いていたわけが、ようやくわかった。普段の社長業の他に執筆も入れれば、いかに鷲崎であろうと時間が必要になるだろう。

（そうか……）

再び紙面に視線を落とす。

（一位）

他の並み居るビジネス書を押さえてである。二位以下には、テレビや新聞で紹介されていた、どこかで聞いたことのあるタイトルがずらりと並んでいた。

「すごいな……」

驚嘆せずにはいられない。それと同時に、鷲崎との差を歴然と指し示されたようで、焦燥感が募る。

「ね、さすがに鷲崎さんよね」

千鶴が半ばうっとりとしていると、辻谷がため息混じりに言う。

「本当にやってくれるよな」

「俺たちも負けていられませんね」

夏服の話では目尻《めじり》の下がっていた湯原も、別人のように顔を引き締める。

「そうだ！　さ、仕事だ、仕事！」

辻谷のそれを合図に、邦彦たちは自分のパーテーションへ戻っていった。

(そうだよな)

羨んでばかりいても、どうしようもない。自分の仕事をすることが、明日へと繋《つな》がる

――そう信じて、頑張るしかないのだ。

2

それから数日後、邦彦《くにひこ》は会社が終わると、鷲崎《わしざき》と落ち合った。夕方になって、「夕飯でも一緒にどうだ?」と誘いの電話が入ったのだ。

鷲崎が連れていってくれたのは、新宿《しんじゅく》の雑居ビルの一階にある気取りのない小料理屋だった。板前と女将《おかみ》の二人でやっている店である。

「いらっしゃいませ」

「やあ、お邪魔するよ」

「まあ、鷲崎さん」

四十を少し越えたぐらいの女将は、鷲崎の顔を見ると、ぱっと花が開いたように顔を綻《ほころ》ばせた。

(綺麗《きれい》な人だな)

江戸小紋の着物を粋《いき》に着こなした、ちょっと婀娜《あだ》っぽい美人である。いかにも鷲崎が好きそうなタイプだ。

年上の美女——元妻の西山麗子《にしやまれいこ》などいい例だろう。

入り口に突っ立ってそんなことを考えていると、鷲崎がカウンターの椅子《いす》を引いて邦彦を呼んだ。

「五十嵐《いがらし》君」

「あ、はい」

(何、気にしているんだ、俺は)

いちいちそんなことを考えていたらきりがない。なんといっても鷲崎は邦彦より一回り上の三十七歳。二度も結婚の経験があるのだし、その他今まで付き合った相手は、それこそ邦彦の想像をはるかに超えているに違いない。

そう考えを切り替えると、席に着きながら邦彦は改めて店内を見回した。

考えていたよりずっと店内は狭い。入ってすぐ左にカウンターがあり、右手には椅子席が五つあるだけで、そこにはすでに三組の客が入っていた。

(そういえば最初に鷲崎さんと入ったのも、こんな感じのこぢんまりとしたすし屋だったな)

案外鷲崎はこういった店が好きなのかもしれない。

（懐《なつ》かしいな。あれから八ヵ月か）

鷲崎と知り合ってからあまりにもたくさんの事があったので、もっと月日が経《た》ったような気がする。

女将は邦彦の方を見ると、会釈《えしゃく》した。

「いらっしゃいませ。こちら、初めて見るお顔ですね」

「ああ。五十嵐君。スミス・シェファード証券経済研究所の若きホープだよ」

「まあ、それはそれは」

鷲崎の言葉に、邦彦は慌てる。

「鷲崎さん、やめてください」

「なんで。本当のことだからいいじゃないか」

鷲崎は笑って答えるが、邦彦にしてみればとんでもないことだった。まだほとんど功績を上げていない身からすると、お世辞でもそう言われると辛《つら》いものがある。

「とんでもないです。特に鷲崎さんに言われると、身が竦《すく》みますよ」

「君は謙虚すぎるよ。もう少し自分に自信を持ちなさい」

「はあ」

女将は二人のやり取りを笑って聞き、一息吐《つ》いたところで邦彦に名刺を渡した。

「汚い店ですけど、今後ともよろしくお願いいたします」

「あ、いえ、こちらこそ」

邦彦も名刺を渡し、ようやくカウンターを見る余裕ができる。大ぶりの鉢にそれぞれ、じゃがいもの煮転がしや、ほうれん草のごまびたし、大根といかの煮物、なすの揚げ煮といった家庭料理が盛り付けられ、ずらりと並んでいる。

「うわ、美味《うま》そう」

日頃、コンビニエンスストアの弁当と仲良くなる機会が多い邦彦は、思わず感嘆の声を上げた。

「だろう？　ここはいいぞ。お袋の味ってやつで」

「もしかして、ここが前言っていた定食屋さんですか？」

「ああ。野菜不足だって言っていただろう？」

（覚えていてくれたんだ）

些細《ささい》なことだが、その事実が邦彦の胸を熱くする。

「どうなさいます？　もうお食事になさいますか？」

「そうだな……。まずはビールをもらおうか。五十嵐君もそれでいいか？」

「はい」

邦彦が頷《うなず》くと、鷲崎は女将に言う。

「それとつまみは適当に」

「かしこまりました」

しばらくすると、突き出しとビールが出てきた。互いのグラスに注《つ》ぎ、軽くグラスを合わせると、二人とも一気に飲み干した。

汗ばんだ身体《からだ》に冷えたビールが美味い。

「は〜、生き返りますね」

「仕事帰りの一杯は堪《こた》えられないね」

「ええ」

鷲崎ににっこり笑って答えると、邦彦は小皿に取り分けて出された惣菜《そうざい》にしばらく舌鼓《したつづみ》を打った。濃くもなく薄くもない味付けは絶品で、鷲崎が言うとおり、まさしくお袋の味にふさわしい。

そんな邦彦を、鷲崎はさも楽しそうに見つめている。食べることに夢中になっていた邦彦だったが、一息ついてその視線に気づくと、らしくなく少し頬《ほお》を染め、箸《はし》を置くとビンを取る。

「どうぞ」

である。

恋人を肴《さかな》に飲んでいたところへ、その恋人にお酌をしてもらい、ますます上機嫌の鷲崎である。

「ああ、すまないね」

そんな鷲崎にくすぐったさを覚えながら、邦彦は肝心なことを思い出した。

「そうだ。遅くなりましたけど、新刊が丸善《まるぜん》のビジネス書ランキングで一位だったんですよね。おめでとうございます！」

「え？　ああ、そうか。そういえばそんなことを担当が言ってきていたな」

鷲崎はさらりと答えた。

（余裕だ）

邦彦たちはあれを見て大騒ぎだったというのに、当の本人はなんでもないことのように言う。こういうところが邦彦たちと鷲崎の差なのか。

「それにしてもよく知っているな」

「日経《にっけい》に載っていたんです。本が出たなんて知らなかったから、驚きましたよ」

「ん？　言っていなかったかな？」

意外なことを聞いたというように、ビールを飲む手が止まる。

「聞いてません」

「そうだったか？　そうか。原稿に追い立てられて、君に話す暇がなかったか。それは悪いことをしたな」

「べつにそんな……。ただびっくりしたのと、さすがだなって。うちのグループは月曜日、鷲崎さんの本の話で持ちきりでしたよ」

「そうなのか？　まあ、あんなものは統計の取り方によるからな」

鷲崎は苦笑した。そして今度は邦彦にビールを注いでやる。

「すみません」

邦彦が注がれたビールを飲んでいると、

「それじゃあ、もう本は手に入れてしまったかな？」

「え？」

「いや、君にもあげようと思っていたんだが、会社で献本の送付に時間がかかってしまっていてね」

本が出ると、だいたいは関係者に配ることが多いのだ。

「いえ、それがまだ。今週はなかなか外に出る時間がなくて」

早く鷲崎の本を読んでみたかったが、今週はあいにく前半にレポートの締め切りがあり、ずっとそれにかかりっきりで残業していたのだ。

「そうか――」

鷲崎は煮物を食べながら、何やら考え込んでいる。まだ買っていないことが不快だったのだろうか。

まさかそんな狭量《きょうりょう》ではないだろうが、一抹《いちまつ》の不安はある。

「あの……」

「それはちょうどいいな」

「え？」

邦彦の不安を他所《よそ》に、鷲崎はにこやかに笑いかけてきた。

「食べ終わったら、ちょっとうちの会社に来ないか？」

「……鷲崎さんの会社へ、ですか？」

既に時計は九時を過ぎている。まだ酒も半分以上残っているし、その後ご飯を食べたら十時近くになってしまう。

そんな時間に他社へ顔を出していいものか？ ワシザキ・リサーチ・インスティチュートの研究員たちがいる時はいい。けれどもいくら邦彦が鷲崎に可愛《かわい》がられているのを彼らに知られているとはいえ、同業者の邦彦がほとんど人もいない時間に行ったりすると、いい気持ちはしないのではないだろうか。

それに今週は、土日に鷲崎に付き合わされて体調が万全でないところへ持ってきて、残業続きで疲れもピークに達している。できればこのまままっすぐ家に帰りたいのが本音だった。

だが――。

「本は社に置いてあるんだ。ここからなら近いし、送るより早いからね」

そう言われると断れない。

「わかりました」

邦彦は頷いた。


ワシザキ・リサーチ・インスティチュートは、新宿高層ビル街の一画にある新宿カワイビルの二十三階に入っている。

鷲崎の他にはマクロ経済二人、ミクロ経済十人、総務の女性二人と、スミス・シェファード証券経済研究所と比べものにならないほど小さな会社ながらも、鷲崎が見込んだアナリストたちが揃《そろ》っているだけあり、急成長を遂げていた。

二人がエレベーターを上がってホールに着くと、二十三階に入っている会社の社員たちはほとんど帰ってしまっているらしく、静まり返っていた。

「さすがにもう誰もいないな」

スミス・シェファード証券では、営業職なら残業は当たり前だが、研究職で残業するのは——急ぎの仕事があるならともかく——無能な証拠という空気が強い。そこ出身のアナリストたちが揃っているこの会社も、同様の考え方がされていた。

鷲崎は懐《ふところ》から鍵《かぎ》を取り出すと、ガチャガチャ言わせながら鍵を開ける。

「さあ、どうぞ」

「お邪魔します」

鷲崎に促されながら中に入ると、まだ少し冷房を入れていた冷たい空気が残っている。どうやら最後の人間が退社したのは、そう前ではなかったらしい。

カウンターには白い薔薇《ばら》が生けてあり、半分照明を落としたオフィスに美しく浮かび上がっている。

「本は私の部屋だ」

「あ、はい」

鷲崎の後ろをついて廊下を歩いていき、突き当たりの社長室へ向かった。

扉を開けると、大きな机にデスクトップのパソコンが目に入る。書籍や雑誌がぎっしり詰まった本棚が二つ並べられ、窓際《まどぎわ》には観葉植物が置かれていた。左側には応接セットがあり、テーブルには受付のカウンターと同じく白い薔薇が飾られている。

華美にならず、それでいて趣味のいい部屋である。ここには過去、何度か来たことがあった。

（でもこんなふうにこの部屋をゆっくり眺めるのって、もしかしたら初めてか？）

今まで何回かこの部屋を訪れたときは、必ずと言っていいほど鷲崎とのトラブルを抱えていた。だから部屋を眺めても、どこか緊張をはらんで、この部屋の良さはわかっても、落ち着いて見ることができなかった。

（嵐《あらし》みたいな人だからな）

邦彦は机のところで、ごそごそと本を出している鷲崎を見つめて、こっそりため息を吐《つ》いた。

するとその微《かす》かなため息を聞き取ったらしく、鷲崎が顔を上げた。

「邦彦？　どうかしたか？」

「え⁉　あ、べつに」

「……そうか？」

慌てて苦笑を浮かべながら否定しても、鷲崎は疑惑のまなざしで邦彦を注視してくる。

（まいったな）

こういうところだけは目敏《めざと》い。

気を逸《そ》らすように、邦彦は鷲崎のそばへ行くと、手元を覗《のぞ》き込《こ》んだ。

「これがそうですか？」

「――そうだ」

鷲崎はそう言うと、一冊取り出して邦彦に渡す。

「ありがとうございます」

礼を言うと、ソファに座り、さっそく『誰にでもわかる資産運用』を開ける。著者プロフィールには目の前にいる男が、真面目《まじめ》な顔をして写っていた。

（鷲崎さんなんだよな）

わかっていることとはいえ、こうやって見ると、改めて鷲崎が本を出したという事実が迫ってくる。

恋人としては祝福したい。けれどアナリストとしては――。瞬間、複雑な気持ちが湧《わ》いてくる。

（いかん、何考えているんだ、俺は）

考えても仕方がないことだ。邦彦はまだ鷲崎の足元にも及ばないのだから。

邦彦は小さく頭を振って気持ちを切り替えると、ページを捲《めく》る。

(何々、第一章「あなたの身の回りを考えてみよう」か……)

最初はパラパラ見るだけにしようと思っていたのだが――。

いつの間にかそこがどこかも忘れて、邦彦は本に没頭していた。それぐらいよく書けている本なのだ。

鷲崎ぐらいのストラテジストともなると、ともすると専門的で一般人に馴染《なじ》みの薄い言葉を使い、とっつきにくさを感じさせるものなのだが、この本は違う。一般人が読んでわかりやすく、それでいて深いところも衝《つ》いてくる。

(やっぱりすごいや)

感嘆しながら、邦彦は夢中になって読《よ》み耽《ふけ》った。鷲崎の書いた本にすっかり魅了されてしまっていた。

いつしか周りのことを忘れていると――。

いきなりうなじに生暖かい感触が触れた。ぞわっとしたものが背筋を走り抜ける。

「うわっ」

思わず顔を上げ、うなじに手を当てた。すると背後から不機嫌極まりない声が聞こえてくる。

「その反応は傷つくぞ」

「鷺崎さん！」

振り返ると、鷺崎が邦彦の横に座っていた。

(しまった！)

すっかり鷺崎の存在を忘れていた。

(まずいな)

これはまずい。非常にまずい。

普段はやり手のストラテジストとして、大人の男然としているくせに、こと邦彦が絡《から》んでくると、それがどこかに飛んでいってしまうのだ。

案の定、むすっとした顔で邦彦を睨《にら》み付《つ》けている。

「まさか自分の本にやきもちをやく羽目になるとは思わなかったよ」

「いや……だから、それぐらいこの本が良く書けているってことで」

「それはそうだろう。私が書いたんだからな」

他の人間が同じセリフを言ったら嫌味にしか聞こえないが、鷺崎の場合、本当だから素直に頷ける。

「うん、すごい」

「……真顔で言うな。照れるだろうが」

邦彦があっさり肯定したので、さすがに鷲崎も照れくさそうだ。

「エレクトロニクスグループの皆にも送るつもりだよ」

「それは皆、喜ぶよ」

「そうか」

どうやらご機嫌も直ったらしい。

ホッとして邦彦は腰を上げる。

「それじゃ、俺さ」

この機を逃すと、また何を言われるかわかったものではない。

が、敵も然《さ》る者——鷲崎は邦彦の腰を引き寄せ、再びソファに座らせた。

「邦彦、今来たばかりじゃないか」

「そうなんだけど、まだ週の後半が残っているし」

「本だけもらったら『はい、さようなら』か？　それはあまりにも薄情なんじゃゃないか？　うん？」

（そりゃそうかもしれないけど、このままここにいたらやばいんじゃゃ……）

それが証拠に鷲崎の目が妖《あや》しく光っている。

「邦彦――」

「うん……」

まずい雰囲気だ。

もちろん邦彦とて鷲崎のことが好きだ。好きでなければ、男同士、とてもあんなことやこんなことを許せるわけがない。

けれどもまだ週の半ばで、鷲崎の情熱を受け止めるのは、正直辛《つら》いものがある。

(なんていっても、俺より体力が有り余っているからな)

三十七だというのに、どうしてそんなにバイタリティがあるのだろうか。もっとも人よりも精力的でなければ、自分で会社を興《おこ》す気にもならないのだろうが。

(それを考えると、いつか俺も鷲崎さんみたいに独立するのは無理かな)

とてもそこまでのバイタリティはない。

そんなことを考えていると、邦彦はいつの間にかソファに横にさせられていた。しかも鷲崎は邦彦に圧《の》し掛《か》かり、情熱的に見つめている。

(素早い!)

だが感心している場合ではない。このままでは押されてしまうのは、火を見るより明らかだ。

「邦彦、愛しているよ」

「あのさ、鷲崎さん――」

言うより早く、鷲崎の唇が邦彦の唇を覆った。たちまちねっとりしたキスが始まり、逃げ遅れた邦彦の舌をきつく吸われる。

「ん……う、ううっ……ん」

駄目だと思いながらも、男の巧みな手管《てくだ》にかかると、あっさりと与えられる口づけに夢中になってしまう。敏感な口蓋《こうがい》を舐《な》められると、はからずも感じてしまい、声が出てしまう。

「ん、んんんっ」

「いい声だな、邦彦」

男はなおも調子に乗って、ワイシャツの裾《すそ》をたくし上げ、そこから手を潜り込ませた。熱い手が肌を撫《な》で上《あ》げる。

その熱さに、半ば快楽に流されかかっていた邦彦はハッとなる。

「駄目だって！　ストップ！」

慌てて男の手を摑《つか》み、押しやった。

「ん？」

怪訝《けげん》そうな鷲崎に、邦彦は真っ赤になって言う。

「だから！　これ以上はまずいって！　ここは職場なんだぞ！」

「今更、何を言っている」

鷲崎はくすっと笑う。

「ここでもしたことがあっただろう？」

「そりゃそうだけど！　あの時は緊急事態っていうか……」

喧嘩《けんか》をしたままの状態で、邦彦がニューヨークへ行ったことがあった。帰りに土産を持ってきて、それからまた口論になり、そしてやっと仲直りをして――。

「顔が赤いぞ？　ん？」

その時の一部始終を思い出して、さらに赤くなった邦彦を鷲崎がからかったが、その手には乗らない。

「あれはあれ、これはこれだろ⁉　だいたい社の人が戻ってくるかもしれないじゃないか」

「それは大丈夫だ。今は皆、急ぎの仕事はないはずだからな」

「そんなのわからないじゃないか」

「わかるんだよ」

断言すると、行為を続行しようと邦彦のうなじに唇を滑らせる。

「ん……っ」

思わず腰に熱いものが集まり、呻《うめ》き声《ごえ》が喉《のど》から漏れる。

（駄目だ、このままじゃ）

しかし逡《しゅん》巡《じゅん》している間にも、鷲崎は邦彦のネクタイを緩め、ワイシャツのボタンを外し、胸に舌を這《は》わせながら、ズボンの中に手を入れてくる。

ぎくっと身体が強張《こわば》る。

「あのさ！」

「……なんだ？」

鷲崎は渋々といった体《てい》で、顔を上げた。この期《ご》に及んで、何を抵抗しているのだと言いたいのだろう。

だが、ここが正念場だ。邦彦は鷲崎のペースに飲まれないように、やや早口でまくし立てる。

「帰る時、エレクトロニクスグループの皆の分ももらっていくよ。俺だけ先に持っていることを知ったら、怒られちゃうからさ」

これは本当だ。特に鷲崎ファンの千鶴《ちづる》あたりは、邦彦が一人だけ先に鷲崎から本をもらったと知れば、どんな顔をして怒るか知れたものではない。

「オーバーだな。たかが本一冊ぐらいで」

「何言ってるんだよ。鷲崎さんの本だから、皆気になっているんじゃないか」

「……そんなに気にしているのか？　そんなんだと今度――」

言い掛けて、鷲崎は口を噤《つぐ》む。

「鷲崎さん？」

（どうしたんだ？）

鷲崎が途中で言《い》い淀《よど》むとは珍しい。

「どうかした？」

「いや、なんでもないよ」

「でもさ……」

邦彦が言い掛けると、それを遮るように唇が重ねられる。薄く開いた唇から舌が入り込む。下着の上から揉《も》みしだかれると、否《いや》が応《おう》でも感じてしまう。

「ん……、ふ……、く……っ」

快感が背筋をせり上がり、我慢できなくなって顔を背けると、男が薄く笑う。

「気持ちいいみたいだな。大きくなった」

「ば……か……、あっ」

下着越しに邦彦自身を嬲《なぶ》られ、思わず息を呑《の》む。

「んっ……あ、あぁ……」

乱れた呼吸も、欲望に掠《かす》れた声も、男の劣情を煽《あお》るだけだ。

「まいったな」

男は目を眇《すが》めて邦彦を見つめると、次には荒々しいしぐさで邦彦の洋服を下着諸共《もろとも》剝《は》ぎ取《と》った。

「あっ、……鷲崎さん……？」

いつになく性急な男に、邦彦は少し驚きの色を浮かべるが、それでも男の手は止まらない。邦彦の両脚を立てさせ、その間に身体を割り込ませる。薔薇色の乳首を歯で挟み、きゅっと引っ張ると、邦彦は泣きそうな声を立てた。

「あ、ああ、ああ……んっ」

邦彦自身が敏感に反応して、先端から雫《しずく》を零《こぼ》した。

「いいのか？」

「知るか……、あ、んっ……」

歯で甘嚙《あまが》みをされ、敏感になったところを、今度は舌で胸の乳首を転がされる。その一方、身体のラインに沿って愛撫《あいぶ》され、邦彦の恥辱を煽る。

「あ、あ……ん、あっ」

場所が場所だけに、いくら人気がないとはいえ、あからさまな声を出すのはまずいという意識があるが、男が与える巧みな手技に、どうしても声を抑えることができない。

「……ああ……っ、あ……ぁ、う……」

「色っぽい声を出して」

男は笑いを浮かべながら、先に手で愛撫をして感じさせた場所に、新たに舌を這わせ、あるいはきゅっと吸い上げながら、邦彦の官能を高めていく。

「んっ、あ……ん、あぁ！」

邦彦は生理的な涙を浮かべながら、ソファの上で、激しく頭を左右に振る。

既に邦彦自身、痛いほど張り詰めていた。ほんの少しでも刺激されれば、すぐに楽になれる。だがそれがわかっているからこそ、男は意地悪く微笑《ほほえ》んだまま、腿《もも》にキスをしても、その先の、ひくひくと雫を湛《たた》えながら男の愛撫を待ち侘《わ》びている場所には触れようともしない。

「鷲崎……さ……ん……」

切羽詰まった声で呼ぶと、邦彦の柔肌を堪能《たんのう》していた男は目だけ上げる。

「どうした？」

「は……やく……」

「何がだ？」

男は素知らぬ顔をして、そう答える。

「だから……！」

邦彦が焦《じ》れたように叫ぶと、男は見せ付けるように舌で邦彦自身の周りをゆっくり舐める。途端に、痺《しび》れるような愉悦が邦彦を襲う。

「う……」

「『だから』なんだ？　言ってくれないとわからないぞ」

「あんた……最低……だ……！」

淫《みだ》らな呼吸のもと、喘《あえ》ぎながら睨み付けると、

「最低？　この私が？」

男はにやりと笑うと顔を上げ、愛撫していた手を止める。その途端、高められていた官能が中途半端《はんぱ》なところで置き去りにされ、どうしようもない疼《うず》きが邦彦を襲う。

「く……」

涙に滲《にじ》んだ目で男を睨むと、男は楽しそうに目を眇める。

「どうした？　最低の男には触られたくないだろう？」

それこそ最低のセリフだ。だがこのままだと、男が指一本動かそうとしないだろう事は、経験上よくわかっていた。

（くそっ……！）

心の中で歯嚙《はが》みするものの、切羽詰まった官能は邦彦をぎりぎりまで追い詰めていた。

「邦彦？」

「う……、触れよ！」

いささか乱暴な口調に、男は目を細めた。

「人にものを頼む時は、もう少し丁寧に言ってほしいもんだがね。まあ、いい。恋人に頼まれれば『否《いや》』とは言えないからな」

そう嘯《うそぶ》くと、男はぴくぴくと震えている邦彦自身を指で扱《しご》き始《はじ》めた。

「あ……っ、ああ……！」

邦彦の喉が鋭く鳴った。望んだこととはいえ、ぎりぎりまで待たされた邦彦には敏感な部分への愛撫は刺激が強すぎた。

男の指が邦彦の先端をくりくりと撫《な》で摩《さす》り、括《くび》れを扱くともう駄目だった。

「……あぁ……っ！」

邦彦の身体が強張り、呆気《あっけ》なく男の手の中に蜜《みつ》を放出してしまった。男はそれをポケットからハンカチを出して拭《ふ》き取《と》ると、からかうように笑った。

「早いな。そんなに我慢が利《き》かなかったのか？　うん？」

「知るかよ！」

邦彦は荒い息のもと、恥辱で顔を赤く染めた。男に言われなくても、自分が一番良くわかっている。

恥ずかしくて男の顔をまともに見られず顔を背けると、男が耳元で笑った。

「いいじゃないか。敏感なのは大歓迎だ」

「な……！」

あまりにも恥ずかしい物言いに、邦彦が咄嗟《とっさ》に抗議するように男のほうを向くと、すかさず口づけられる。

「……ん……」

ねっとりと舌が絡まり、抱き寄せられる。男は割り込ませていた身体をなおいっそう密着させ、邦彦の両方の脚を自分の肩に上げさせた。すると遮るものは何もなくなり、男の視線に蕾《つぼみ》が晒《さら》される。

見られている——そう思った途端、邦彦の身体が再び熱くなった。

「鷲崎さん……」

「綺麗だよ。ここが――」

男は言いながら、邦彦の蕾に指を這わせる。

「ひくひくしている」

淫靡《いんび》な刺激に、邦彦は息を呑んだ。蕾がいやらしく蠕動《ぜんどう》を始める。

「あ……っ」

「もうこんなになって。欲しいのか？　私が。うん？」

男は余裕たっぷりで邦彦を見下ろした。憎らしいほどだ。けれどもここで意地を張ったら、またしてもぎりぎりまで焦らされるに違いない。焦らされるのはさっきだけで十分だった。

「……欲しい……」

いつになく邦彦が素直に答えると、男は虚を衝かれたように目を瞠《みは》った。次いで苦笑する。

「……まったく」

「鷲崎さん？　あっ！」

あっという間に、蕾に指が入れられた。内部を探るように弄《いじ》られ嬲られ、邦彦本人よりもよほど邦彦の弱い箇所を熟知している男の指に、たっぷりと弄《まさぐ》られる。

「あ、ああっ、ああ……んっ」

恥ずかしい声がひっきりなしに漏れるが、止めようがなかった。敏感な襞《ひだ》を、くの字に曲げた指が何度も擦《こす》り上《あ》げる。

「……あ、あ、……ん、んんっ、あ……駄目だ……」

身体の芯《しん》までとろとろに溶かされてしまう。

「『駄目』じゃないだろう？　『気持ちがいい』だろう？　うん？」

「あ、鷲崎さん……、あ、あ……」

邦彦を指だけで翻弄《ほんろう》しながら、男はジッパーを下げて自身を取り出すと、邦彦に見せ付けるように扱き出した。

あの大きくて硬いものが、邦彦を突くのだ。それを想像しただけで、身体が火照《ほて》り、思わず唾《つば》を飲み込む。

「邦彦――」

「鷲崎さん……」

邦彦が目を上げると、鷲崎の視線と絡み合う。するとそれを待っていたかのように蕾から指が引き抜かれ、代わりに鷲崎が入ってきた。

「ん……っ」

指とはまったく違う、圧倒的質量に息を吐き出す。どくんどくんと蕾の中で男が脈打つ。邦彦だけでなく、男も興奮しているのがわかる。いつもより大きいのだ。だが蕾は嬉々《きき》として蠕動し、男に絡み付く。

内部の締め付けに男はセクシーな笑みを浮かべた。

「相変わらずきついな、おまえの中は」

そう言うと、男は邦彦の頬《ほお》にキスをしながら色っぽく眉《まゆ》を顰《ひそ》めた。

「くっ……、私を食いちぎるつもりか？　悪い子だ」

「ば……！」

邦彦は真っ赤になった。どうしていちいちこの男は恥ずかしいことを言うのだ。

だが――。

「……あっ」

男に前を触られて、身体から力が抜ける。その隙《すき》を見計らって、男が腰を動かす。

「あ！　……ん、あ、ああ……っ」

「いいか？　邦彦、感じるか？」

耳元で荒い声に聞かれるとぞくぞくする。

「いい……、あっ……」

濡《ぬ》れた声で答える邦彦に満足した男は、邦彦の腰を抱え直すと、荒々しく揺すり上げた。弱い箇所が擦り上げられ、前を扱き上げられ、邦彦の息が上がる。

「……あ、あ、あッ、鷲崎さん……！　あっ」

男の作り出すリズムに合わせ、邦彦もいつの間にか腰を揺らす。

「良いのか？　邦彦」

「あ……っ、いい、う……っ、いい……！」

艶《なま》めかしく息を吐き出し、男の腰に両脚を絡み付かせる。大きな背中にしがみ付くと、男が大きく腰を入れた。

「邦彦――。愛しているよ、邦彦……！」

「俺も……あ、ああっ！」

そこがどこかも忘れて、二人は快楽を貪《むさぼ》りあった。


ようやく服を着終わっても、まだ邦彦の息は上がったままだった。

「大丈夫か？」

半ば心配して、そして残りの半分はからかうように、鷲崎は尋ねてくる。同じことをしても、当の本人はけろりとしている。と言うより、妙にすっきりして顔の色艶《いろつや》がいい。憎らしいほどだ。

(まったく……！　なんでこうなっちゃうんだよ)

そもそもこんな場所で始めるのがいけない。いつも以上に——必要以上に煽られてしまった。本をもらいに来ただけなのにこの始末だ。

邦彦が顔を上げて男を睨《にら》むと、相手は苦笑した。

「そんな顔をするなよ。おまえが挑発したんだろう？」

「俺のどこが！」

「どこってその目だよ。そんなに熱っぽく見つめられると、あれじゃ足りなかったのかと、もう一度押し倒したくなる」

そう言って冗談とも本気とも付かない口調で伸ばしてくる手を思わず払《はら》い除《の》けると、鷲崎はあからさまにむっとした。

「何も払い除けることはないだろう」

「だってさ」

この男の場合、冗談が冗談で済まないことがある。

邦彦がなおも機嫌が悪そうにしていると、鷲崎がこれ見よがしにため息を吐《つ》いた。

「本当におまえはひどい男だな。私を弄《もてあそ》んで、自分が満足したらポイか」

「弄んでって……」

邦彦は瞬間絶句し、改めて鷲崎に文句を言う。

「ちょっと待てよ！　なんだよ、それ！　人聞きの悪いことを言うなって！」

「だってそうじゃないか。あの最中はアンアンよがり狂って、私を銜《くわ》えて放さなかったくせに……」

「うわ〰〰っ!!」

あまりにも露骨なセリフに、邦彦は耳まで真っ赤にしながら鷲崎の口を塞《ふさ》いだ。

「何言い出すんだよ！」

すると鷲崎は、伸び上がって自分の口を塞いでいた邦彦の手を剝がし、にやにやしながら答えた。

「何言うも何も、本当のことだろう？」

「そりゃそうかもしれないけど……！」

揶揄《やゆ》するような鷲崎の口調に、先程の自分の痴態を嫌でも思い出し、身の置き所がなくなってしまう。

「どうした？　顔が真っ赤だぞ」

「鷲崎さん！」

意地の悪いセリフを投げ掛けてきて、明らかに楽しんでいる鷲崎に抗議の声を上げたとき——。

「相変わらず仲のよろしいことで」

（げっ‼）

聞き慣れた——けれども決してそこにいるはずはない、いたら非常にまずい声が背後から聞こえ、邦彦は心の中で奇声を上げた。

（……まさか……）

嫌な汗が背筋を伝う。振り返るのが怖かった。

けれども鷲崎は邦彦のそんな逡巡《しゅんじゅん》などおかまいなしに、邦彦の背後に声を掛ける。

「なんだ、鳥海《とりうみ》。帰ったんじゃなかったのか」

「ええ、でも途中で忘れ物を思い出しまして。それで戻ってみたら会社の鍵が開いている上に、人の声が聞こえたものですから。まさかここに五十嵐君がいるとは思いませんでしたよ。こんばんは、五十嵐君」

挨拶《あいさつ》されて、返さないわけにいかない。

（いったいどこから聞いていたんだろう）

考えれば考えるほど気が滅入《めい》り、邦彦が肩を落としながら恐る恐る振り返ると、鳥海潤《じゅん》が笑顔でこちらを見ていた。

鳥海潤——もともとスミス・シェファード証券経済研究所に在籍していたのだが、鷲崎が五年前に独立するとき、じきじきに声を掛けて引き抜いていったアナリストである。しかもその時点で、弱冠二十五歳。今の邦彦と同じ年齢だったのだ。いかに鳥海が優秀かわかるというものだ。

現在も無論、新進気鋭のアナリストとして名を売っている。

つい先日、邦彦も鳥海とアイエムネットの主幹事争いをしたが、負けてしまった。あの時点で、邦彦は持てる力の全《すべ》てを出してコンペに臨んだ。いいところまでいったと聞かされたが、まだまだ鳥海には及ばないということだ。

それに仕事の面だけではない。一見すると温厚で害がなさそうに見える鳥海だが、なかなかどうしてしたたかな面を持ち合わせている。

以前、邦彦が仕事でニューヨークへ行っている時に、鷲崎との間に波風を立てようとしたことがあった。本人は「いたずら」と言っていたが、そんな可愛いレベルのものではなかった。

確たる証拠があるわけではないが、鳥海は鷲崎のことが好きなのではないかと邦彦は睨んでいる。

もっともそのわりに鷲崎と一緒になって、邦彦にワシザキ・リサーチ・インスティチュートへ入社するように誘ってくるのが解《げ》せないが。

「どうも。お邪魔しています」

「とんでもない。こちらこそ」

鳥海はますますにっこり笑いかけてくる。その笑みが不気味だ。

案の定――。

「無粋な真似《まね》をしてしまったんじゃないかと心配だよ。それにしても相変わらず大胆だね、君たちは」

「はあ……」

邦彦は羞恥《しゅうち》に頬を染め、俯《うつむ》いた。穴があったら入りたいとはこのことだ。選《よ》りに選って、またしても鳥海に見つかってしまうとは。さっきまでこの部屋で何が行われていたか、ほぼ正確に把握されているのは間違いがなかった。

しかしそれはある意味仕方がなかった。鷲崎の言い草ではないが、事が終わった後だけに、邦彦は異常にフェロモンを出しているのだ。本人は気づいていないものの、これでは気が付かないほうがおかしいというものだ。

だが鷲崎は平然としていた。

「皆、もう帰ったと思ったからな」

するとさすがに鳥海は呆《あき》れたように、

「僕でよかったじゃないですか。これが他の社員だったらどうするんです？　前にも言いましたけど社長、日本はまだまだ保守的なんですよ。くれぐれも自重してくださいよ」

「……わかっている」

「どうだか」

鳥海の嫌味に、鷲崎はため息混じりに呟《つぶや》いた。

「なんだって忘れ物なんかするかな」

「なんです？」

「いや、べつに」

わざとらしいその言い方に、鳥海は顔を顰《しか》めた。

「僕だってわざわざ引き返したりしたくなかったですよ。でも本の資料を忘れてしまったんで仕方がなかったんです」

「本？」

なんの気なしに邦彦が尋ねると、鳥海は「ああ」と笑った。

「そうなんだ。実は僕にも執筆依頼が来ていてね。まだ早いんじゃないかと思ったんだけど、社長がやってみろって言うからね」

(執筆依頼……‼)

邦彦は思わず鷲崎を振り返った。鷲崎は決まり悪そうな表情を浮かべている。

(そうか……。あれ……)

この部屋へ来たとき、鷲崎が途中で言い掛けてやめたことがあった。きっとこのことを言おうかどうしようか迷ったのだ。

鷲崎の書いた本だけでも騒いでいる邦彦たちには、鳥海までもが本を書くことを知ればショックが大きいと判断したのだろう。

(鳥海さんが本を出す――)

べつに特別なことではない。研究職に従事している者であればよくある話だ。書店へ行けば、さまざまな出版社から多くのアナリスト、エコノミスト、ストラテジスト、大学教授たちが書いた似通った本が山のように積まれている。

わかっている。

鳥海は優秀なアナリストだ。そういう話があっても全然おかしくない。

（だけど……）

「それじゃお邪魔でしょうから、お先に。またね、五十嵐君」

「あ、はい。失礼します」

邦彦は慌てて頭を下げながらも、社長室を出ていく鳥海を目で追った。

またしても鳥海との差が広がった――痛いほどそれを感じさせられていた。

3

翌日、昼食を取った後、邦彦《くにひこ》は川口《かわぐち》と共に、近所のビルに入っている書店へ足を向けた。いつもなら昼食を食べると、近くの喫茶店へ行ってお茶をするか、さもなければ自分の席へ戻って残りの時間を過ごすのが普通なのだが——。

「本屋へ行こうなんて珍しいですね」

「ああ。今日は外に出る用事がないからさ」

仕事の資料を買いに行くのは、日中各々が外出ついでに寄ることが多いのだ。そのほうが時間のロスが無くて済む。

「それで、なんの本ですか？　そんなに焦《あせ》って買いに行くなんて」

邦彦が道々尋ねると、川口が意外そうな顔で見返してくる。

「何って、おまえ……。ああ、そうか」

川口はしたり顔で頷《うなず》いた。

「今朝はぎりぎりで来たんだっけ。だからか」

「え、あ、すみません」

とんだ藪蛇《やぶへび》だ。

そう、邦彦はいつもより出社するのが遅かった。それもこれも、昨夜なかなか鷲崎《わしざき》が帰してくれなかったからだ。ただでさえ先週末から鷲崎にいいようにされて、疲れが取れずに仕事に突入したところへ持ってきて、連日の残業続き。いい加減疲労もピークに来ているところへ昨夜だ。

帰宅したのは深夜で、それも鷲崎が自分のマンションへ泊まれというのを振り切って帰り、泥のように眠って、起きたら遅刻すれすれの時間だった。

「まあべつに始業に間に合ったんだからいいんじゃないか？　それより、朝コーヒーを飲んでいたときに話が出てさ」

「話？」

邦彦が聞き返したとき、ちょうど書店に着いた。

さすがに昼休みの時間帯だけあって、近隣で働いているビジネスマンやOLたちで店内は賑《にぎ》わっている。

「ええ……っと、雑誌はこっちか」

「雑誌？」

てっきり経済の専門書でも見に来たのかと思っていたら、川口は雑誌のコーナーへ向かっていく。しかも経済関係の雑誌が置いてある場所ではなく、男性雑誌のコーナーだ。

（おいおい。朝、いったいどんな話が出たんだ？）

が、川口が向かったのは、男性雑誌といえども今流行《はや》っている男性のライフスタイルやファッションを扱っているコーナーだった。それなら、朝、話していたというのも頷ける。

もし男同士の気のおけないことを話題にでもしていて、千鶴《ちづる》が——千鶴だけではなく、他の女性アナリストたちもだが——そこへ現れたらどんな反応をされることか。

「セクハラです！」

そう言って、訴えられかねない。

男性雑誌に興味のない邦彦が専門書のコーナーへ行こうとすると、川口が振り向いてしきりに手招きをした。

（え？）

わざわざ昼休みに書店に雑誌を見に来て、邦彦まで呼ぶとなると、よほど注目すべき記事があるということだろうか。

（まあ、いいや）

邦彦が呼ばれるがままに雑誌のコーナーへ行くと、川口が待ちかねたように言った。

「おまえも探せ。『男のくつろぎ時間』っていう本だ」

「『男のくつろぎ時間』ですか？　それに何か面白い記事でも載っているんですか？」

邦彦が尋ねると、川口は焦《じ》れったそうに答えた。

「だから鷲崎さんのインタビュー記事だよ」

「え⁉」

驚愕《きょうがく》する邦彦を面白そうに一瞥《いちべつ》すると、川口はサラリーマンたちの間を顔だけ突き出した形で、雑誌の置いてあるラックを端から丹念に眺めながら説明する。

「今朝、辻谷《つじたに》課長が教えてくれてさ。なんか電車の中吊《なかづ》りで見かけたんだと」

「……そうだったんですか」

（鷲崎さんのインタビュー記事……）

「おうよ。で、どんななのか確かめてみたくてさ。おまえも見たいだろ？」

「そうですね」

そう答えたものの、邦彦の心中は複雑だった。昨夜、鷲崎はそんなことは一言も言っていなかったのだ。

もっとも本が発行されることさえ、邦彦に告げることを忘れていた男だ。日経《にっけい》アナリストランキングのストラテジスト部門で第三位を誇る男であれば、インタビューは日常茶飯事だろうし、そんなことで騒いだりはしないのだろう。だから邦彦にも言わなかったに違いない。

他意はないのだろうが……。

「あ？　これか？」

川口の声に、現実に立ち戻る。立ち読み客を掻《か》き分《わ》けて、川口が目指す雑誌を取ろうと手を伸ばすと、反対側からも同じように手が伸びてきて、「男のくつろぎ時間」を一冊取っていく。

（人気のある雑誌なんだ）

そう思って、邦彦がなんの気なしに雑誌が取られていった方向に目をやると、

「水沢《みずさわ》さん⁉」

「え？　いやだ」

「男のくつろぎ時間」を手にした千鶴は、サラリーマンに交じってその場に居合わせた邦彦と川口の姿に気がつき、ばつの悪そうな表情を浮かべた。

『先日、「誰にでもわかる資産運用」を上梓《じょうし》した鷲崎勲《いさお》氏。外資大手スミス・シェファード証券経済研究所から飛び出して、早五年。氏が設立したワシザキ・リサーチ・インスティチュートも順調に業績を重ねている。業界の風雲児とも言える氏に、滅多に見せない日常、そして気になる日本経済の今後について語ってもらった』

〝新刊も好調ですが、その理由はなんだと思われますか？〟

〝さあ、どうなんでしょうか。ただ、普段こういった経済に興味がない方にも読みやすくは書いたつもりですが〟

〝確かに。今回のこのインタビューに先立って、私も読ませていただきましたが、とってもわかりやすかったです〟

〝それはありがとうございます（笑）〟

〝――ところで、鷲崎さんの日常生活というとどんな感じなんでしょうか？　豪華で華麗な生活というイメージがありますが〟

〝豪華で華麗、ですか？（笑）　とんでもありません。侘《わび》しい一人暮らしですよ〟

〝そういえば過去二度ほどご結婚されていたんですよね〟

〝ええ。お恥ずかしいことに二回も失敗しましてね。仕事ばかりにかまけていたせいで、愛想《あいそ》をつかされました〟

〝そんなことは（笑）。それだけお仕事が忙しいということですよね〟

〝それだけはありがたいことですね（笑）〟

〝そのお仕事ですが、今後の日本経済の見通しについてお聞かせいただけますか？〟

〝そうですね。輸出の増勢鈍化とＩＴ関連の在庫調整を主因に、生産活動は弱含んでいます。一部では景気後退観測も出ていますが、鉱工業全体の在庫調整圧力は軽微であり、企業の投資マインドには底堅いものがあります。

また、雇用情勢も改善傾向が続いています。米中経済の安定成長持続を前提とすれば、景気は現在の踊り場を脱し、来年度には緩やかな回復基調に復帰すると考えられます。

ただ、家計の所得の本格回復は当面期待できず、日銀による量的緩和の解除は早くとも年度後半以降になると予想されます〟


「もう読み終わったか？」

パーテーションで仕切られた隣の席から川口の声が聞こえてきて、鷲崎のインタビュー記事に没頭していた邦彦は、はっと我に返った。

結局、三人が三人とも「男のくつろぎ時間」を買ってきてしまった。川口は自分が買ったら邦彦たちに回すつもりだったらしいが、千鶴は最初から買う気満々だったし、邦彦も一刻も早く記事を読みたいという気持ちは他の二人と同じだったのだ。

　そして書店から戻ると三人は、まるで示し合わせたように自分の席へ戻り、雑誌を繰ったのだった。

「はい、だいたい」

　邦彦は雑誌から目を上げると立ち上がり、まだ昼休み終了の時間まで間があることから、川口の席へ行った。

　千鶴も読み終わったらしく、邦彦の後から川口の席へ来る。

　きちんと片付けられた机の上に、今読み終わったばかりの雑誌が載っている。川口は邦彦の顔を見ると、深いため息を吐《つ》いた。

「川口さん？」

「いや、なんかさ……、こう、鷺崎さんてやっぱり業界以外でも注目されているんだなってさ」

　川口の言葉に、千鶴も賛同の意を示した。

「そうですよね。鷺崎さんには何度も会っているのに、こうやって雑誌に載っているのを見ると、遠い世界の人みたい」

「そうだね」

二人の気持ちは邦彦には痛いほど良くわかる。まるで会ったことのない相手なら、記事を読むんでも「へえ」で済むが、なまじそれがよく知っている相手だと、なんとも言えないモヤモヤとしたものが胸の辺りにわだかまる。いくら鷲崎と自分の間に、大きな差があるとしても——いや、あるからこそ——その気持ちは抑えようとしても抑えられない。

これは羨望なのか、嫉妬なのか。

（……昨日、鳥海さんの話を聞いたときと同じだ……。あ……！）

「そうだ！　忘れていた！」

邦彦は大きな声を出した。

「お⁉　なんだ？」

「どうしたのよ、五十嵐さん。急に」

いささか沈鬱なムードが漂っているときにいきなり邦彦が叫んだので、二人ともびっくりする。

「いや、実は鳥海さんも本を出すらしいんだよ」

けれども——。

まさに爆弾発言だった。千鶴も川口も、先程の邦彦の声よりよほど大きな声を放つ。

「ええ⁉」

「それ、本当なのか？」

「はい。昨夜本人の口から聞きましたから」

邦彦の言葉に、千鶴は怪訝《けげん》な顔をした。

「鳥海さんに会ったの？」

千鶴がそう聞くのも無理はない。仕事上、鳥海とはなんだかんだと接触が多いが、個人的に会う間柄ではないし、この頃はライバル関係といった意味合いが強い。

「偶然だよ。昨夜鷲崎さんと飲んだ後、新刊をくれるって言うからワシザキ・リサーチ・インスティチュートへ行ったときにさ」

するとと千鶴はみるみる柳眉《りゅうび》を逆立てた。

「何よ～！　また鷲崎さんと会ったの～？　ずるーい！」

「う……ごめん」

千鶴には前々から、「鷲崎さんと会うときは誘ってね」と言われているのだ。もちろん邦彦もそれはよく承知している。しているのだが――、

（水沢さんを連れていくと機嫌が悪くなるからな）

　無論、鷲崎も千鶴のことはもともと好ましく思っている。彼女は鷲崎のことを尊敬すべきストラテジストとして捉《とら》え、いつも会うときは頬《ほお》を染めているのだから、悪い気がするはずもないだろう。

　だが邦彦の恋人としての鷲崎は、邦彦と千鶴の仲を何かというと疑ってかかってくるのだ。

　二人きりで会えるのだと鷲崎が心弾ませているところへ、千鶴を連れていったらどうなるか——考えるだに恐ろしい。

　けれども川口は、それでわかったという顔をした。

「ああ、それで今朝、来るのが遅かったのか」

「……すみません」

　またまた墓穴である。

「新刊って、五十嵐さんだけもらったの？」

「ああ、それは大丈夫だよ。ちゃんと課の皆の分をもらってきたから——今朝は慌てていて、持ってくるのを忘れたけど」

　そう邦彦が言うと、いかにも「ドジねぇ」と言わんばかりに、千鶴が邦彦をじろっと睨《にら》み付ける。

　すると川口が助け船を出した。

「まあまあ水沢。鷲崎さんは俺たちの分もくれたんだしさ。明日は大丈夫なんだろ？　五十嵐」

「はい！　明日は忘れずに持ってきます！」

　邦彦は恥も外聞もなく、その船に飛び乗った。

「ほらな」

「絶対よ、五十嵐さん」

　千鶴が念押しをすると、邦彦は大きく頷いた。

「わかった、約束する」

　その言葉にようやく千鶴も機嫌を直した。男二人はそっと胸を撫《な》で下《お》ろし、次いで川口は真面目《まじめ》な顔になると邦彦のほうを向いた。

「それで？　五十嵐、肝心のその鳥海さんの本って？」

「あ、はい。詳しいことはわからないんですけど、鳥海さんも本を執筆するそうです。そういう話が来ているって言っていました。まだ早いと思ったけど、鷲崎さんからも『やってみろ』って言われたそうです」

「……鷲崎さんからも」

「はい」

三人の間に沈黙が落ちる。

その沈黙を破ったのは千鶴だった。

「なんだか悔しい！」

「水沢さん」

「だって！　そりゃあ確かに鳥海さんは私たちより先輩よ!?　でもメディア・ライン通信のときだって、この間のコンペだって、互角に渡り合ったじゃない！　それなのにあっちの会社ばっかり！　そう思いませんか!?　川口さん。そうじゃない!?　五十嵐さん！」

ストレートなその言葉は、千鶴だけではなく邦彦たちの気持ちも代弁していた。

「そうだよな。俺も昨日聞いたときは、なんとか納得しようとしたけど……。でもそう思うのが普通だよな」

それをなぜあの場で言えなかったのか。理性的に自分で自分を納得させようとしたのか。もっと自分の気持ちを素直に言ってもよかったのに。

――千鶴のほうがよほど勇気がある。

「ああ。俺たちの実力だって、そう馬鹿《ばか》にしたもんじゃないはずだぞ」

川口が憮然《ぶぜん》として言ったとき、

「お、よく言ったな、川口。そのセリフ、気に入ったぞ」

背後から突然聞こえてきた言葉に、邦彦たちが慌てて振り返ると、辻谷と湯原《ゆはら》が外出から帰ってきたらしく、ハンカチで汗を拭《ふ》きながらパーテーションのすぐ横に立っていた。

「おまえらがその気ならちょうどいいな。三人とも俺の席へ来い」

辻谷の言葉に、邦彦たちは顔を見合わせながら従った。

「執筆依頼⁉　本当ですか‼」

邦彦たち平の部員たちのスペースより若干広めのパーテーションの中へ行き、辻谷から聞いたのは、俄《にわ》かには信じられないような話だった。

能育社《のういくしゃ》から邦彦たちが所属するエレクトロニクスグループに執筆の依頼が来ているというのだ。

能育社といえば、出版業界でも一、二を争う会社である。

「ああ、今向こうの話を聞いてきたところだ。――もっとも鷲崎や、それから鳥海君か、彼らのように個人の名前じゃなくて、あくまでもスミス・シェファード証券経済研究所の社名で、だがな」

「それでもすごいですよ、な？」

川口が興奮したように言うと、邦彦と千鶴も頬を紅潮させて同意した。

「はい！」

「夢みたいですね」

たとえそれが研究所の名前で出版されるのであっても、要は邦彦たちの実力が認められたということだ。

それこそが、さっき鳥海の話で感じた邦彦たちのジレンマに他ならなかった。

それにしてもこんなすぐに、それを解消する機会が与えられるとは。

「でも、よくこんなにタイミング良く話が来ましたね」

邦彦が尋ねると、いつもは妻と育ち盛りの子供三人を養うのに精一杯で、生活に疲れた感が否《いな》めない辻谷が、彼らしくない不敵な笑みを浮かべた。

湯原がそんな辻谷の代わりにうきうきしながら言う。

「課長もただ手をこまねいていたわけじゃないぞ」

どうやら鷲崎の書籍に、一番刺激を受けていたのは辻谷のようである。

辻谷は邦彦たちの顔をぐるりと見回すと、

「書籍の原稿というのは、おまえたちが思っているほど簡単じゃないぞ。皆で分担して書くにしても、いつものレポートとは比べものにならないぐらい量が多いからな。しかもルーティーン・ワークと並行してこなさなきゃならない。残業は必然になるぞ。それでもいいか？」

　辻谷の問い掛けに、邦彦たちは即答した。

「もちろんです！」

「がんばります！」

「やらせてください！」

　皆やる気に満ち満ちていた。鷲崎だけならともかく、鳥海にまで負けたくない。そんな気合とも負けん気ともつかないものが彼らの胸を熱くしていた。

　辻谷と湯原は、そんな部下たちの顔を見つめると頷き合う。

「それじゃ課長」

「よし。経済研究所は鷲崎のところだけじゃないって見せてやろうぜ！」

　辻谷の言葉に、邦彦たちは声を揃《そろ》えた。

「はい！」

4

翌日、さっそく能育社《のういくしゃ》の担当が打ち合わせに来るというので、邦彦《くにひこ》たちエレクトロニクスグループの面々は会議室に集まっていた。

(担当か。どんな人なんだろう)

今まで原稿といえば、社内報や月報、ほんのたまに新聞記者に会って、経済についてレクチャーするぐらいだったので、出版社に勤めている人間には会ったことがない。

(——って言ったって、マスコミの人間も同じサラリーマンだもんな。そうそう俺たちと違いがあるわけないよな)

どうもマスコミという言葉だけで、特別視しがちである。

だがふと左右を見ると、川口《かわぐち》も千鶴《ちづる》も邦彦と同様に緊張した面持ちで、いつもより身体《からだ》に力が入っているのが見て取れた。

「ぷっ」

たまらずに邦彦が小さく噴き出すと、川口も千鶴も耳聡《みみざと》くそれを聞きつけ、揃《そろ》って邦彦のほうを向いた。

「何、人の顔見て笑ってんだよ」

「そうよ。失礼じゃない」

二人からじろっと睨《にら》まれて、邦彦は慌てて説明する。

「いえ、そういう意味じゃなくて。俺も緊張しているんで、二人もそうだったから同じなんだって安心して思わず笑っちゃったんですよ」

その言葉に、川口も千鶴も決まり悪そうな顔で、がちがちに強張《こわば》っていた肩の力を抜き、照れ隠しに苦笑を浮かべた。

「どうもな」

「やっぱり緊張するわね。編集の人ってどんな感じなのかしら」

千鶴もそこが気になるらしい。邦彦は首肯した。

「湯原《ゆはら》さんに聞いてみれば良かったね」

湯原も辻谷《つじたに》も昨日出版社に行ってきているのだから、当然担当者に会っているはずだ。

だが執筆依頼を受けると決めてから、ともかくそれ以外の抱えている仕事を少しでも進めようと、エレクトロニクスグループ全体がやる気の塊のようになり、担当者云々《うんぬん》のことに気がついたのは先程——会議室に来る直前のことだった。

しかし担当のことを聞こうにも、肝心の湯原も辻谷も会議室に来ようとしたときに本社から電話が入り、まだ来ていなかった。

「でもその担当さん、そろそろだろ?」

川口が会議室の時計を見上げた。二時を指そうとしている。約束の時間だ。

「もう見える頃ですよね」

そう邦彦が答えていると、何人かの足音と話し声が聞こえてきた。辻谷と湯原、そしてもう一人の声は聞いたことがない。どうやら能育社の担当らしい。

邦彦たちは顔を見合わせ、再び緊張した面持ちで会議室のドアを注視する。

軽いノックの音と共に、まず湯原が入ってきてドアを広く開ける。そこへ頭一つ分背の高い男性が会議室へ入ってきた。

「失礼します」

野太い声が会議室に響き渡る。

(うわ〜)

能育社の担当と思《おぼ》しき三十前後の男性が視界に入ってくると、邦彦は心の中で悲鳴ともなんともつかない声を上げた。

いかつい顔に、顎《あご》の周りを髭《ひげ》が覆っている。それだけでも驚きだ。金融関係者で髭を蓄えている人間はまずいない。

それになんといっても背が高い。湯原が百七十ちょっと、辻谷も百七十ジャストと以前聞いたことがあるので、ああやって並んで立っているとよけい長身なのが目立つ。百八十を優に越えているだろう。もしかしたら鷲崎よりも背が高いかもしれない。

そして編集者というより、カメラなどの重い機材でも担《かつ》いでいるほうがしっくり来るぐらい、がっしりとした体格をしていた。だからといって太っているという感じではない。適度に運動をして引き締まっている身体《からだ》つきをしているのがジャケットの上からも見て取れた。

そう。一番邦彦を驚かせたのは、何よりもそのジャケットの下だった。

生成りのジャケットの下には、目も覚めるような濃いブルーの地にピンク色をしたハイビスカスの柄が描かれているシャツを着ていた。どう見てもアロハシャツだ。

こんなシャツを――休日ならともかく、勤務時間内で――着ている会社員に遭遇したことは、今まで一度もなかった。金融界はもとより、取引先でも見かけたことはない。

昨今銀行や証券会社によっては、ラフな格好で出社する日を作っているとはいえ、さすがにこんなド派手《はで》なシャツは初めてだ。

ちらっと左右に視線を走らせると、川口も千鶴も声には出していないものの、度肝を抜かれているのが表情からも十分窺《うかが》えた。

（そうだよな。驚くよな。さすがマスコミの人間だ）

何が「さすが」なのか良くわからないが、ともかく目の前の担当を驚愕《きょうがく》の目で見るしかない。

けれども部下たちの動揺を知ってか知らずか——それとも昨日会ったときも似たり寄ったりの格好をしていたので慣れたのか——その男の後ろから入ってきた辻谷は平然とした面持ちで邦彦たちのほうを向いた。

「皆揃《そろ》っているな。こちらが今度うちがお世話になる能育社の大熊《おおくま》さんだ」

辻谷から紹介を受けると、大熊はいかつい顔に似合わない人懐《ひとなつ》こい笑みを浮かべて、邦彦たちに向かい頭を下げた。

「能育社の大熊森夫《もりお》です。今回担当をさせていただきます。よろしくお願いします」

大熊の存在に驚愕《きょうがく》させられていた邦彦たちは、その言葉に慌てて立ち上がった。相手が同じように座っているならともかく、立って挨拶《あいさつ》をしているのに、こちらが座ったままなのは失礼極まりないことだ。

「失礼しました。エレクトロニクスグループの川口と申します。よろしくお願いいたします」

「同じく五十嵐《いがらし》です。よろしくお願いいたします」

「水沢《みずさわ》です。よろしくお願いいたします」

三人は次々に大熊と名刺交換をする。

邦彦は渡された名刺に視線を落とした。

（〝大熊森夫〟さんか。熊……、森……。森の熊さん？）

すぐに頭の中にそのイメージが湧《わ》いてくる。それが目の前のいかつい容貌《ようぼう》と相俟《あいま》って、どうにもこうにも笑いが込み上げてきた。

「……くっ……」

（駄目だ、笑っちゃ）

こんなところで笑いでもしたら、なぜ笑ったのか理由を説明しなければならなくなる。飲み会でもあるまいし、初対面の相手に対してしょっぱなからそれはあまりにも失礼である。

が、堪《こら》えようとすればするほど笑いたくなってきてしまうのが世の常だ。

（森の熊さん……くくっ、あ〜、もう考えるな。でも……ぷっ）

まさに噴き出しそうになったその瞬間、邦彦は大熊がじっと自分を見つめていることに気が付いた。

（あれ？）

自分の気持ちを読まれでもしたかのようで、込み上げてきていた笑いの衝動が潮を引いたように静まる。

邦彦が大熊を見返すと、大熊はつと視線を外したが、その口元が心なしかへの字になっているような気がしたのは、邦彦の中に疚《やま》しさがあるせいか。

（考えを読まれた？　顔に出ていた？　……まさかな）

本人に確認するわけにもいかず、なんとも居心地の悪い気分を味わっていると、

「大熊さん、こちらへどうぞ」

大熊は辻谷に促されるままにコの字形に置いてあるテーブルの上座に座り、持っていたセカンドバッグから書類を出して皆に配った。

「昨日辻谷課長、湯原代理とは少しお話をさせていただいたんですが、さっそく内容について詰めたいと思います」

（そうだ。それどころじゃない）

大熊の言葉に気持ちを引き締め、邦彦は他の課員たちと同じように、配られたプリントに視線を落とす。

そこには今後邦彦たちが書く本の概要が記されていた。大まかなテーマ、おおよそのページ数、締め切りと発売予定日等々。

「今回御社には、わが社で出版しています経済書のシリーズのうちの一冊をお願いしたいと思います。このシリーズは国内外を問わず、現在注目を浴びている金融関係の方々に執筆をお願いしておりまして、その甲斐《かい》あってかビジネス書のランキングでも常に上位を占めるなど、かなりの好評をいただいております。皆さんにはお忙しいところお時間を割いていただくわけですが、必ず満足のいく結果が出るものと確信しています」

なるほど、大熊が自信に満ちた説明をするとおり、渡されたプリントには今までの刊行リストが載っているが、そうそうたる顔ぶれが揃っていた。

その中でも特に目を引いたのが、〝『誰にでもわかる資産運用』鷲崎《わしざき》勲《いさお》〟のところである。

（そうか……。あの本もこのシリーズだったんだ）

丸善《まるぜん》ビジネス書ランキングで一位を取った本と同じシリーズに書く。そう思うと、今更ながらに武者震いをしてしまう。

（やれるのか――？）

だが、躊躇《ちゅうちょ》している暇はないのだ。すでに賽《さい》は投げられた。不安を感じている時間があったら、少しでも原稿を書かなければならない。

(そうだよな)

邦彦は辻谷や、湯原、川口に千鶴を順に見回した。皆、真剣な表情でプリントを注視している。

きっと心の中は同じだろう。不安半分、期待半分。いよいよここまで来た——そう思っているはずだ。

(ともかく締め切りに向かって全力疾走だ)

そして改めてプリントを読む。

(締め切りは……っと……。うわ〜、二ヵ月後か〜)

考えていたよりもずっと早かった。

しかしそう思ったのは邦彦だけではなかったようで、隣でプリントに目を通していた川口も顔を上げると、おもむろに切り出した。

「大熊さん、ちょっとよろしいですか?」

「なんでしょうか」

「この締め切りなんですが、ずいぶん早いような気がするんですが」

「ああ」

その質問は予想の範疇《はんちゅう》だったのだろう。大熊は鷹揚《おうよう》に頷いた。

「その件については、辻谷課長とも昨日お話しさせていただきました。今からのスケジュールですと、直近で十一月に枠が――もう一冊同じシリーズで出ることになっていますので、そこに合わせていただくといいかなということになりました。

ちょっと締め切りが早くなってしまうのですが、皆さんの課は五人いらっしゃるということで、少しがんばっていただこうかということで、お配りしたスケジュールになったんです」

大熊の説明を補うように、辻谷が口を開いた。

「確かにこのスケジュールはかなり厳しいがな。時間があれば良い原稿が書けるかと言えば、そういうもんでもないしな」

「章分けと、どなたがどの章を書くかという細かい点につきましては、御社にお任せします。よろしいでしょうか」

大熊はそう言うと、邦彦たちを見回した。

つまりは決定事項ということだ。

あと二ヵ月。いくら五人いるとはいえ、想像以上に忙しくなるに違いない。

しかも同時期にもう一冊出るというのならば、やはりそれには負けないような内容を書きたい。

　そこまで考えて、邦彦はあることに気が付いた。

「あの、大熊さん」

「……はい？」

　川口のときとは違い、邦彦が声を掛けると、大熊が何か言いたそうな気配を醸《かも》し出《だ》しているのを感じるのは、邦彦の考えすぎなのだろうか。

（森の熊さん……なんて想像しちゃったからか？）

「五十嵐さん？」

　そんなことをつらつら考えていると、大熊が不審そうな顔でこちらを見返している。邦彦は我に返った。どうやら一瞬、大熊を熟視してしまったようだ。

「あ、ええっと、先程大熊さんの説明にあった、十一月に出るもう一冊の本のことなんですけど、どなたの本なんですか？」

　それが誰であっても、邦彦たちは最善を尽くすだけなのだが、それでも一緒に出る相手のことは気になるものだ。

「ああ、それですね。鳥海《とりうみ》潤《じゅん》さんです」

　なんでもないことのように大熊から出た名前に、邦彦だけでなく、川口も千鶴も顔色を変えた。

「鳥海さん、ですか」

「ええ。ご存じですよね。ワシザキ・リサーチ・インスティチュートのアナリストをなさっている方です」

「……よく存じ上げています」

なんということだろう。よりによって一緒に出る相手が鳥海とは。

しかし辻谷と湯原は邦彦たちと違い、落ち着き払っていた。それはそうだろう。十一月発売と言われて、誰と一緒に出るか知らないで承知するわけがない。

ということは、辻谷たちは真っ向から勝負に出たということになる。

(それにもしかしたら……)

鳥海の本が十一月発売と聞いて、わざわざそこにぶつけていった可能性が無くも無い。どうせやるなら――そう辻谷たちが考えたとしてもおかしくはなかった。

「鳥海さんは既に原稿に着手しているので、皆さんには厳しいスケジュールになってしまって申し訳ありませんが、私でお役に立つことがありましたら、なんなりと申し付けてください」

その言葉に、千鶴が質問をぶつけた。

「大熊さんは鳥海さんの担当もなさっているんですか?」

「ええ。以前からワシザキ・リサーチ・インスティチュートの社長の鷲崎さんの担当もさせていただいているご縁で、鳥海さんの担当もさせていただいています」

「鷲崎さんの?」

邦彦が顔を上げると、大熊は大きく頷いた。

「先程も申し上げましたが、このシリーズを立ち上げるときに、どなたに執筆してほしいか、金融関係者に色々とアンケートを取ったんです。

ダントツは鷲崎さんでした。この間弊社から出たばかりの鷲崎さんの本『誰にでもわかる資産運用』ですが、発売前から書店の引き合いがすごくてですね。この間の本ばかりでなく、鷲崎さんの著作物はどれも総じて好評なんです。

ともかく今、ワシザキ・リサーチ・インスティチュートは業界の台風の目といいましょうか――まあ、そんなことは今更私が申し上げるまでもなく、皆さんのほうが良く承知していらっしゃるでしょうが――少数精鋭のアナリストの皆さんが揃っているものですから、業界の関心も高いわけです。

その中でもとりわけ、鳥海さんは今後がますます有望なアナリストということで、アンケートでもかなり名前が挙がったんです。最初はご本人もかなり躊躇《ちゅうちょ》されたんですが、鷲崎さんの勧めもあって、ようやく執筆を承諾していただけたんです」

「そうなんですか」

答える邦彦の言葉には力がなかった。邦彦だけでなく、川口や千鶴、辻谷や湯原の表情も硬い。

鷲崎が伝説のストラテジストとして優秀なのも、著作が好評なのも嫌というほどわかっている。けれども鳥海までが期待されていると、金融界以外に位置する人間に言われると応《こた》える。

大熊の言葉に、図らずも会議室に嫌な沈黙が落ちた。するとそれを素早く察知した大熊は、苦笑を浮かべた。

「いや、これは余計なことを言っちゃいましたか。皆さんと同様に、鷲崎さんや鳥海さんも私にとっては大事な著者ですので、ついつい熱が入ってしまいましたが、作家さんの前で他の作家さんのお話は失礼ですよね。不快な気持ちにさせたとしたらお詫《わ》びいたします。申し訳ありませんでした」

いささか芝居がかった態度で、大熊は大柄な身体を縮めるようにして頭を下げた。そうまでされると、いつまでもそんなことにこだわっている自分たちが、余計小さく見えてしまう。

辻谷が微苦笑を浮かべた。

「大熊さん、そう恐縮なさらないでください。鷲崎はやはりこの研究所出身ですから、我々もどうしても彼らの話題については敏感になってしまうんです。ですが、出版界も我々金融界と同じように数字がものを言うというのは了承していますし、まだ結果を出していない我々よりも鷲崎たちが一歩も二歩もリードしていることは良くわかっているつもりです。でも今度の本で、我々も負けてはいないところをお見せするつもりですよ」

そう力強く宣言する辻谷には、いつも妻子を養うのにくたびれているところは微塵《みじん》も見受けられなかった。

邦彦たちにはそんな辻谷の姿が頼もしく映る。大熊も同様だったのだろう。

「いいですね。昨日もお話をさせていただいて思ったのですが、さすがに日本の外資系証券会社でも一、二を争うだけのことがありますね。皆さん、気骨がおありだ」

その言葉に、場の雰囲気も一気に和む。

「さあ、前置きが長くなりましたが、細かいテーマについて決めていきましょうか。ここをきちっと決めておくと、今後がスムーズに展開しますからね」

それから約二時間後――。

「それでは今日決めたことをもとに、さっそく原稿のほう、よろしくお願いします」

大熊がにこやかに会議を締めたときには、邦彦たちはいささかグロッキー気味だった。

いくら平素から原稿を書くことに慣れているとはいえ、やはり書籍ともなると感じが違う。それをこの会議でなんとか払拭《ふっしょく》しようと、集中に集中を重ねた結果、気力を使い果たしてしまった。

「お疲れ様でした」

「お疲れ様でした」

それでも担当と直接打ち合わせをすると、やはりやる気は漲《みなぎ》ってくる。その証拠に、通常なら疲れた声が出るはずのところも、皆どことなく張った声を出していた。

「五十嵐、行くぞ」

川口に声を掛けられ、立ち上がりかけた邦彦は、うっかり大熊に聞くのを忘れていた箇所を見つけた。

「あ、はい。あの、大熊さん」

川口に返事しながらも、今まさに会議室を出ようとしていた大熊を、大急ぎで呼び止める。

「ちょっといいでしょうか。聞き忘れていた箇所があって」

「はい？」

「ああ、はいはい」

大熊は気安く踵《きびす》を返してきた。それを見ていた川口は、

「先に行っているぞ」

「はい。すみません」

邦彦が答えると、川口は会議室を出ていき、代わって大熊がそばにやってきた。

「なんですか？」

「ここなんですが」

邦彦はテーブルにまだ広げていたプリントを見せる。

「ああ、それですか。それはですね」

大熊は大柄な身を屈《かが》めるように、邦彦の指し示すプリントに覆《おお》い被《かぶ》さってきた。

これだけの至近距離になると、かなりの迫力を感じるが、今はそれどころではなかった。執筆前の疑問点はなるべく解消した上で、原稿に臨まないといけないのだ。

「そこはあまり気にしなくていいと思うんですよ。最初はともかく、割り当てられた箇所を書いていただければ結構ですから」

「そうですか。それがわかれば安心できます」

邦彦は笑いながら大熊を見上げた。すると――、

（ん？）

大熊がじっと邦彦を見つめていた。

「あの……？」

何か顔についているだろうか。それともあまりにも些細《ささい》な質問をしたせいで、本当に原稿を頼んでも大丈夫かと疑念を抱かせてしまったのだろうか。

いくつもの疑問が次から次へと湧《わ》いてくる。

しかしその間にも大熊は邦彦を注視したままだ。

「あ、の……、大熊さん……？　何か――」

「一目見たときから思ったんだが」

「はい？」

なんだろう。

邦彦が身構えると――、

「あんた、可愛《かわい》いな」

「はぁ……？」

まるで予想もしていなかった言葉が、大熊の口から発せられ、邦彦は思わず素《す》っ頓狂《とんきよう》な声を出してしまった。

(俺の聞き間違いか?)

だが、次の瞬間。

「うひゃっ」

邦彦の喉《のど》から悲鳴が漏れた。大熊がこそっと邦彦の尻《しり》を撫《な》でたのだ。

発するべき言葉が見つからず、口をパクパクしているだけの邦彦に、大熊は面白そうな一瞥《いちべつ》をくれてにやっと笑うと、すぐに真面目《まじめ》な顔に戻った。

「それじゃそんな感じで、原稿のほうよろしくお願いします。期待していますよ」

それだけ言うと、大熊は馬鹿丁寧《ばかていねい》に邦彦に会釈《えしやく》をして、会議室を出ていってしまった。

呆気《あっけ》に取られた邦彦が、ようやく我に返ったのは、会議室のドアが閉まる音を聞いてからだった。

「あ、あいつ……あいつ!」

顔が青くなり、そして赤くなる。

まさか業界最大手の能育社の担当があんなことを言って、あんなことをするとは誰一人として信じられないだろう。

だが邦彦の気のせいではない。思い出したくもないが、尻にはあの男に触られた感触がある。

「あいつ、あの熊男……！　よくも……！」

だから最初、人の顔をじっと見ていたのだ。

要するに目をつけられていたということだ。

邦彦は慌ただしく荷物をまとめながら、毒づいた。

「くそっ、あいつ！　すぐ辻谷さんに――」

言い掛けてハッとする。

言ってどうなるのだ？　大熊は今回の本の担当者だ。男の邦彦が男の大熊に「可愛い」と言われ、しかもご丁寧に尻まで撫でられたと言うのか？

言えっこなかった。

邦彦が執筆を降りるだけで済めばいいが、下手をして今回の話そのものがなくなってしまったらどうするのだ。

エレクトロニクスグループは今、鳥海に負けない原稿を書こうと盛り上がっている最中なのだ。

邦彦は唇を嚙《か》み締《し》めると、そのまま椅子《いす》に座り込んだ。

「……最悪だ……。男にセクハラを受けるなんて。しかもどうしてまた、選《よ》りに選って俺なんだよ」

そう呟《つぶや》いたとき、邦彦は既視感《デジャ・ビュ》に襲われた。

「そうか……。鷲崎さん」

同じである。

今は恋人として熱い時間を過ごしている二人ではあるが、最初は何がなんだかわからないまま鷲崎にいきなり襲われたのだった。

あまり思い出したくない過去ではあるが——。

「あれよりまだマシか——」

そう言って、邦彦は自分の言葉に愕然《がくぜん》とする。

「そうじゃないだろう。そういう問題じゃないんだよ」

会議室に大きなため息がこだました。


「何はともあれ、良かったじゃないか」

それから数日後、邦彦は鷲崎に誘われ、会社帰りに赤坂《あかさか》の天ぷら屋へ足を運んでいた。

数寄屋《すきや》造りの門構えからしていかにも高級そうであり、門を入ると由緒《ゆいしょ》正しそうな日本家屋が目の前に広がっていた。樹齢何年になるのか見当もつかない立派な松の木が、門のすぐ脇《わき》に植えられ、訪れた客の目を楽しませている。

邦彦だけなら、行ってみようと思うことさえしない店だ。鷲崎に執筆の話をしたら「前祝いだ」と言って、この店に連れてこられたのだ。

目の前にはその言葉にふさわしく、揚げたての天ぷらが色とりどりに美味《おい》しそうに並んでいた。本来ならばカウンター席で、揚げてもらいながら食するのが一番美味《うま》いのだが、鷲崎が予約したのは個室だった。

もっともそのため周囲を気にして話さなくていいので、気は楽だった。

「まあね。皆張り切っているよ。辻谷さんもいつもと顔つきが違うし、まだまだ新婚ほやほやの湯原さんも、奥さんに当分残業が続くって言っているみたいだし」

「……そうか。なるほど。そうなると私もまた邦彦に会えない日が続くわけだな？」

ため息混じり、日本酒を片手にぼやく鷲崎に、邦彦は慌てる。

「それは……、ちょっとはそうなるかもしれないけど、鷲崎さんだってこの間出した本の原稿を書いているときはそうだっただろ？」

ここできちんと納得させないと、後が大変なことになる。

伝説のストラテジストは、外見からは想像もつかないほどわがままで、ある意味お子様な部分を持つ恋人なのだ。

「あのときだって、会えなかったんだしさ。しかもあんたが何やっているかなんて、俺知らなかったんだぜ？　それでも土日まで仕事を持ち帰っているのなんか珍しいからさ。きっと仕事が忙しいんだろうなって。俺だって会いたいのを我慢していたんだ」

多少の誇張を含めて言うと、鷺崎は目尻を下げた。

「そうなのか？」

「そうだよ。電話しようかなと思っても、仕事の邪魔しちゃ悪いし」

必死になって邦彦が言い募っていると、鷺崎がくすくす笑っている。そこに至って、ようやく邦彦も気が付いた。

「ああ！　だましたな！」

邦彦は顔を真っ赤にした。最初から鷺崎はそんなに気にしていなかったのだ。それはそうだろう。本を出すことがどれぐらい大変かは、鷺崎が一番良く知っていることだ。

（それなのに俺は、鷺崎さんの愚痴を真に受けて）

邦彦は鷺崎を恨めしそうな目つきで睨《にら》んだが、鷺崎は悪びれもせずに言う。

「すまない。しかしそうでも言っておかないと、君は原稿にかかりきりになって、私のことなどすっかり忘れてしまいそうだからな」

以前、アメリカ本社でレクチャーをした際のことを言っているのだろう。あのときは辻谷がやるはずだった、本社の重役たちに対するレクチャーがいきなり邦彦に回ってきて、その準備で毎日目が回るほどの忙しさだった。

当然鷲崎とも連絡が取れず、ようやく邦彦の家にやってきた鷲崎を放《ほう》っておく始末だったのだ。

「そんなことは……ないと思う」

言い切れないのが辛《つら》いところだ。だが書籍の原稿を書くのは今回が初めてなので、どのくらいかかるのかは、実際のところわからない。

鷲崎もその辺のことは心得ているらしく、それ以上突っ込んではこなかった。

「それで能育社からだったな。担当は誰になったんだ?」

「ああ、それね。……大熊さんだよ」

どうにもあの一連のセクハラを思い出して、声が苦くなるのを止められない。けれども鷲崎はそれには気が付かないようで、

「大熊君か。私と同じじゃないか」

「そうらしいね」

「彼はなかなかやり手だよ。仕事にも熱心だしな。そうか、それなら安心だ」

たぶん、仕事に関しては鷲崎の言うとおりなのだろう。それは大熊の説明の仕方を聞いていて、邦彦にもわかったことだ。

だがそれ以外が——。

「……邦彦？　どうかしたのか？」

「え？　あ、ああ。いや、次はどれを食べようかと思ってさ」

「そうか。それならこの大正えびにしたらどうだ？　まだ来たばかりだから、熱々で美味いぞ」

「そうだね」

邦彦は鷲崎の薦めに従って、大正えびの天ぷらに手を伸ばした。鷲崎がお猪口《ちょこ》に口を付けながら、胡乱《うろん》げに邦彦を見つめていることはわかっていたが、故意に無視する。

大熊に「可愛い」と言われて、尻を撫でられたなどと一言でも漏らせばどうなるか、考えなくてもわかるからだ。

（原稿を書くのをやめろ！　ぐらい言いかねないからな）

それだけは絶対に避けなければならない。

（ともかく面倒はごめんだ）

ただでさえ忙しくなるのだ。余計なごたごたは原稿の妨げにはなっても、なんの得にもならない。

（鳥海さんの本と同時発売だからな）

意識しないようにはするものの、それでもまったく考えないでいるほうが難しい。鳥海とて、邦彦たちほどではないにせよ、気にはするに違いない。

大熊のことは、ともかく隙《すき》を見せないことだ。あれ以上のことは絶対にさせない。そういう気構えで臨めば、大熊とてわかるはずだ。

固く決意をすると、邦彦はそれからは仕事の話はなるべく避け、鷲崎と共に天ぷらに舌《した》鼓《つづみ》を打った。

5

パソコンに向かって月報の原稿を書いていた邦彦《くにひこ》は、キーボードを打つ手を止めると、大きく伸びをした。

「は〜」

今日は朝からずっと根を詰めて書いているので、身体《からだ》がガチガチに凝ってしまった。

パソコンに表示された時刻を見ると、十八時。約束の時間まであと三十分だった。

「うわ、まずい」

そろそろ出ないと遅れてしまう。今日は林《はやし》と飲む約束をしているのだ。

林秀幸《ひでゆき》は貿易を中核とした複合企業《コングロマリット》林グループの御曹司で、東大経済学部を卒業した後、武者修行のために取引先の銀行に入行した。

だが結婚話がこじれたのを契機に林グループに戻り、今はグループの銀行業参入の件で奔走している。

その林が、昨日久しぶりに電話をしてきたのだ。しかし――。

（本当なら本の原稿を書き終わるまで、林とは会いたくなかったよな）

邦彦は心の中でそう呟《つぶや》くと、重いため息をつく。エレクトロニクスグループで執筆の打ち合わせがあるからと、よほど断ってしまおうかと思ったほどだ。

というのも、どうせ林と会っても愚痴を聞かされるだけだからだ。

べつに愚痴と言っても、会社に対する愚痴ならいい。愚痴ぐらい邦彦も言うし、林とは高校時代から腐れ縁の仲だ。いくらでも聞くぐらいの度量はあるつもりだ。

けれども林の愚痴は会社に対するものではなかった。藤芝《ふじしば》に対するものなのだ。

藤芝遼太郎《りょうたろう》――林や邦彦の大学時代の後輩である。その藤芝に、こともあろうに林はずっと恋をしているのだ。

大学時代、いや、邦彦が知る限り、それ以前から林は女性にもててもてて、相手には不自由していなかったはずだ。

（それなのに、どうして片思いの相手が藤芝――）

もちろん恋愛は個人の自由だし、邦彦も今は鷲崎《わしざき》と付き合っていて、人のことは言えない身分だ。だからそのことについて、もうどうこう言うつもりはないが、しかし。

「藤芝に冷たくされたと言っては泣きついてくるのは、やめてほしいよな」

林だって、もうどうにもならないことはわかっているはずだ。藤芝が付き合っているのは椿本崇《つばきもとたかし》なのだから。

椿本崇。これまた因縁めいた名前である。椿本は高校時代、邦彦とはテニス部で上下関係にあり、しかも本人たちが嫌がっているため、これはごく一部の限られた人間しか知らないことだが、椿本と林は親戚《しんせき》関係にあるのだ。

その椿本と藤芝が、当時の葵鳳《あおいおおとり》銀行新宿《しんじゅく》支店で同僚になったことも驚きなのに、さらに二人が付き合っていると知ったときの驚愕《きょうがく》といったらなかった。

だがきっと林のそれは、邦彦の比ではなかったのだろう。

「あ〜あ」

再び邦彦がため息を吐《つ》いていると、電話が鳴った。

(林か⁉)

急に都合が悪くなったという電話を思わず期待してしまうのは、原稿を書く余力を考えてだと許してほしい。

「はい、五十嵐《いがらし》です」

だが、受話器の向こうから聞こえてきた声は、邦彦の想像とは違った。

『やあ、邦彦』

「ジェフリー！」

邦彦は思わず受話器を握り締めた。

ジェフリー・S・ウィリスはスミス・シェファード証券本社の国際企画部に勤めている日本語を極めて流暢《りゅうちょう》に話す青年である。去年邦彦と千鶴《ちづる》がニューヨークへレクチャーをしに行ったとき、彼らの面倒を見てくれた。

そしてそのときの邦彦のがんばりを評価したアメリカ本社側が、ついこの間、邦彦に三年間人事交流としてアメリカで研修を受けないかという話を持ちかけてきた。

けれどもそれは研究職としてではなく、営業職としてのものだった。

ジェフリーからは――彼は現社長の息子だったのだが、それとは関係なく社長の座を狙《ねら》っている彼からは――「将来自分の右腕になってほしい」とびっくりするような申し出を受けた。だからこの人事交流を受けてほしいと。

邦彦は悩んだ。悩んで悩んで悩んだ末に、やはり自分のなりたいものは、鷲崎のような――いや、いつの日にか鷲崎をも超えるようなストラテジストなのだということを今一度確認して断った経緯がある。

『今、大丈夫かな？』

「俺のほうは。そっちは？　平気なんですか？　時間は？」

この時刻だと、ニューヨークは朝だろう。

『ハハ、これから出勤だよ。メールを読んだから、少しでも早くおめでとうを言いたくてね』

「わざわざすみません」

朝、ジェフリーにエレクトロニクスグループ全体で本を出す旨《むね》のメールを送っておいたのだ。

ジェフリーの背景を熟知している鷲崎は、人事交流で邦彦をニューヨークに引っ張ろうとしたジェフリーのことを快く思っていないらしく、彼の話が出るたびに嫌な顔をするし、接触をするなとでも言いたそうな口ぶりなのだが、邦彦はあれからもジェフリーと交流を保っていた。

なんといってもジェフリーは同じ会社の人間であり、仕事上付き合いのある人間なのだ。それに人事交流を断った邦彦をジェフリーが切るならともかく、邦彦のほうから切る謂《いわ》れは何一つなかった。

邦彦の目標とジェフリーの目標が重ならなかったとしても、自分を評価してくれる人間がいるというのは嬉《うれ》しいことだ。

『本を出すなんてすごいじゃないか』

ジェフリーはあれからも変わらない態度で接してくれていた。

「いえ、本といってもメールでも書きましたけど、エレクトロニクスグループ全体で書くものですから」

『それでもたいしたものだよ。皆が皆、本を出せるわけじゃないだろう?』

「ええ、それは」

邦彦が答えると、ジェフリーは明快な口調で言った。

『それならやっぱりすごいことだよ。もっと胸を張って』

「ジェフリー」

思わず苦笑が漏れる。相変わらず前向きで、ジェフリーと話していると、鳥海《とりうみ》と同時期に本が出ることや、大熊《おおくま》のことで悩んでいることなどが、本当に些細《ささい》なことに思えてくる。

『僕で役に立つことがあったらなんでも言ってくれて良いからね。君の頼みなら、たとえ父でも使うつもりだよ』

「ジェフリー」

もちろんそんなのは冗談に決まっている。けれど冗談でもそう言ってくれる心遣いが嬉しかった。

「ありがとうございます。そう言っていただけるだけで十分です」

『あ、嘘《うそ》だと思っているね。僕は本気だよ』

「わかっています」

くすくす笑いながら邦彦が答えると、電話の向こうでジェフリーがわざとらしくため息を吐《つ》き、

『まあいいや。ともかくがんばって。それだけ言いたかったんだ』

「ジェフリー、本当にありがとうございます」

邦彦が電話に向かって頭を下げると、

『それじゃそろそろ出勤時間だから。またね、邦彦』

「ええ、失礼します」

邦彦が微笑《ほほえ》みながら挨拶《あいさつ》をすると、電話が切れる。

受話器を置きながら、邦彦は改めて気持ちを引き締めていた。

(ああやってジェフリーも応援してくれているんだ)

頑張らなくては。

（うわ、まずいぞ）

邦彦はほとんど走っているのと変わらないぐらいの早足で、林と約束した店に向かう。

（新宿じゃなくて、もう少し研究所に近い場所にしてもらえばよかった）

林と飲むとなると、どうも新宿になることが多かった。それはかつての鳳銀行や合併後の葵鳳銀行でも新宿支店に勤めていたからなのか、それとも藤芝がまだ新宿支店に勤務しているからなのか。

（……考えるのはやめよう）

考えれば考えるほど、憂鬱《ゆううつ》な気分になってくる。

「ええっと、新宿インターコンチネンタルビルはこっちか」

林と約束したのは、高層ビルの一つ、新宿インターコンチネンタルビルに入っているバーだった。

近道をしようと、表通りから一本中に入った道に足を踏み入れた。林は、自分は遅れるのは構わないくせに、邦彦が遅れると嫌味を言うのだ。

（俺も人がいいよな）

なぜ未《いま》だに林と友達付き合いをしているのか、自分でも時々わからなくなる。

と、そのとき——、

「やめてください！」

（ん？）

普通ならその手のセリフは女性から発せられるはずだった。しかしどう聞いても男性の声で、しかも聞いたことがあるような——。

「放してください!!」

やっぱりだ。

邦彦は急いで声のする方向へ走っていった。

果たしてそこには藤芝がいた。しかもこともあろうに、藤芝の腕を摑《つか》んでいるのは林だった。

（林！　あいつ何やっているんだ!?）

林は嫌がる藤芝を引き寄せると、腰に手を回し、強引にキスしようとしていた。藤芝は身体を捻《ねじ》ってなんとか林の腕から逃れようとしていたが、藤芝を摑む手の力は相当なものだったらしい。どうあっても逃げられないようだった。

（まずい！）

邦彦が間に入ろうにも、彼らとはまだ距離がある。このままでは間に合わない。

「林！　やめろ!!　やめるんだ！」

邦彦が思い余って叫ぶと、まさかこんな場所で自分の名前を呼ばれるとは思っていなかったのだろう。林がぎょっとしたように声のした方を向き、邦彦を発見すると顔を歪《ゆが》ませる。

そのとき隙《すき》が生じた。

「林先輩、すみません！」

「え？」

いったい何に対して「すみません」なのか。

林が藤芝に向き合った途端、藤芝の鉄拳《てっけん》が林の頰《ほお》を捉《とら》えた。

「痛《いた》っ!!」

林が思わず殴られた頰に手を当てると、ようやく自由になった藤芝が脱兎《だっと》のごとく林のもとから走り去る。

「藤芝！　あっ、痛テテ《イ》、おい、待てって！　藤芝！」

さすがの邦彦も呆気《あっけ》に取られていると、横に走ってやってきた藤芝がほとんど涙目で邦彦に一礼する。

「先輩、すみません、林さんにも謝っておいてください」

「わかった。ここは俺に任せろ。椿本先輩によろしくな」

「はい。すみません」

藤芝は背後の林を気にしながらも、邦彦にもう一度頭を下げ、そして再び林に捕まらないようにその場を走り去った。

「藤芝！　待てって！　藤芝！」

切ない声で、なんとかそれを呼び止めようと林は力いっぱい叫ぶが、藤芝が振り返ることはなかった。

「く……っ」

後には——、

「五十嵐〜」

恨めしそうな目つきで邦彦を睨《にら》み付《つ》けながら頰を腫《は》らした、俳優顔負けの美男子だけが佇《たたず》んでいた。


新宿インターコンチネンタルビルの五十四階にある『インディゴ・ブルー』の窓からは、新宿の高層ビル街がまるで宝石箱のように煌《きら》めいて見えた。

木目調で内装を施された店内は客をほっとさせる落ち着きがあり、さらに店内を微《かす》かに流れるヒーリング・ミュージックが疲れた心を心地よく癒《いや》してくれる——はずなのだが、カウンターに座り、邦彦の横でむっつりとしている林にとっては、そんなことは遥《はる》か彼方《かなた》、まるで眼中にないだろう。

藤芝に殴られて、うっすら赤くなっている林の頰に視線を走らせると、邦彦は内心のため息を押し隠し、林を詰問《きつもん》した。

「おまえ、どういうつもりだ？」

「どういうつもりって？」

「……前に俺、言ったよな。無理強いはやめろって。そんなことをすれば、ますます藤芝に嫌われるだけだからって」

林は振り向き、邦彦の顔に一瞥《いちべつ》をくれると、ぼそっと呟いた。

「べつにあんなこと、たいしたことじゃない。藤芝だって慣れてるさ」

邦彦はぎょっとして林を凝視する。

「たいしたことじゃない⁉　慣れてるって、おまえ……」

路上で無理やり藤芝を抱き寄せていたのだ。邦彦がちょうど通りかかったから良かったようなものの、あれで止める人間がいなかったら林はどこまでやるつもりだったのか。

（十分たいしたことだろう）

それが「たいしたことじゃない」というのは。

嫌な予感が頭の中を駆け巡る。

邦彦が顔を青くしていると、林は目を眇《すが》めて笑った。

「前はもっと過激なことをしたからな。ホテルに連れ込んだり、ヨットに監禁したり」

「は、林……！」

想像以上の過激な事例に、邦彦の顔が歪む。

（聞かなきゃよかった……）

このままカウンターに突っ伏して、泣いてしまいたいぐらいだった。よもやそこまでとは……！

道理で藤芝が林を避けるわけである。当たり前だ。そこまでやられて、林が呼んでほいほいくっついて行くと思うほうがどうかしている。

いきなりズキズキと痛み始めたこめかみを押さえながら、さながら幼子に対するように嚙《か》んで含めるように言い聞かせる。

「おまえなぁ、本気で藤芝を好きなら、もっとやりようがあるだろうが。なんだってそんな強引な真似《まね》ばっかりするんだよ。そんなんだから藤芝に嫌われるんだよ」

そう邦彦が諭すと、林が真顔で尋ねてきた。

「……やっぱり無理か？」

（まだ言うか、こいつは！）

さすがに激昂《げっこう》して、語気が荒くなる。

「当たり前だろうが！」

「……そっか。そうだよな」

林にしては珍しくぽつんと言ったっきり黙り込んだ。

「林？」

それでもしばらく林は何も言おうとしなかった。

やがてらしくなくため息を一つ吐《つ》くと、先程までとは打って変わった静かな口調で話し出した。

「知ってるか？　もしかしたら林グループを継ぐことになっていたのは崇かもしれなかったんだぜ？」

「……え……？」

林がいきなり口にした内容に驚き、邦彦は思わず振り向いた。

林はそんな邦彦の反応を面白がるように見、そしてローヤル・サルート二十一年のオン・ザ・ロックを呷《あお》ると話し出した。

「うちの親父《おやじ》たちは長い間子供に恵まれなかったらしくてな。林グループは、林商事を経営していた親父の親父——要するに俺の祖父が親父に遺《のこ》したちっぽけな商社だったけど、それを親父の才覚一つで今のグループ企業にまで発展させた。もちろん昔は今ほど大きくはなかったけど、それでも跡継ぎの問題が出るぐらいの大きさはあったんだよ」

「それは知ってる」

林の父忠義《ただよし》の手腕については、業界では有名な話だ。忠義の若い頃の辣腕《らつわん》ぶりは、すでに伝説と化していた。

「そうか。まあ、確かに親父の話は有名だからな。でもこの話は聞いていないだろう?親父と崇のお袋さんてのは従兄妹《いとこ》で、小さい頃から仲が良かったんだと。で、椿本家ってのは男の子が続けて二人生まれてさ」

「それが……」

「ああ。崇と崇の兄貴さ。親父にしてみれば、向こうの家ばかり子供が生まれると思ったんだろうな。しかも二人とも男の子だ。事業が順調で、自分の思いどおりにならないことはなかった親父からすれば、このことだけは自分でもどうにもならなくて、だから余計腹が立ったんだろう。一時、お袋を離縁して、新しい女房《にょうぼう》をもらうよう進言してきた重役もいたそうだ」

「そんな！」

昔ではあるまいし、それが離婚理由などというのは時代錯誤も甚だしい。

「さすがに親父もそれは退けた。小さい商社の時代から親父に付き添ってきた糟糠《そうこう》の妻だ。それはできなかったんだろうな。もっとも今だったら――」

わからないけどな。

そんな呟きが聞こえるようだ。

「それで？」

林は肩を竦《すく》めた。

「それで結局、親父は崇のお袋さんに泣きついた。これでは林の家は継ぐ者がいない。だから子供を養子にくれないかってな。もっともそれはすぐに崇の親父さんが断ったそうだ。

それはそうだ。崇の親父さんにしてみれば、林の家に子供ができないからといって、自分のところの子供を差し出さなきゃいけない理由なんぞ、これっぽっちもない。しかも崇の親父さんとうちの親父は決して仲が良いとは言えなかったらしいから余計だ」

「そうなのか？」

「そのようだ。うちの親父と崇のお袋さんは従兄妹同士で小さい頃から仲が良いから、崇の親父さんにしてみれば面白くなかったんだろう。

でも親父は諦《あきら》めなかった。さすがに猛《たけし》さん――崇の兄貴だけどな――は長男だから養子にくれとは言わなかった。崇の家も『ツバキ』っていうアパレルメーカーを経営しているからな、跡継ぎをくれとは親父も言えない。それで目をつけたのが次男坊だ」

「……椿本先輩か」

邦彦が苦々しい口調で言うと、林が頷《うなず》いた。

「そうだ。養子にはやらないという崇の親父さんを、最終的には半ば脅すような形で――養子に出さなければ『ツバキ』をつぶすと言ってな。そしてそれぐらいの力は当時の林商事にはすでにあったから――無理矢理承諾させた」

「……ひどいな」

思わず邦彦の口から零《こぼ》れる。友人の父親に対して言う言葉ではないが、自然に口から出てしまった。

しかし林は怒ることもなく、あっさりと同意した。

「――ああ。俺もそう思うよ」

「林……」

邦彦はちょっと驚いて、隣に座る林を凝視する。

林にとって忠義はいつでも尊敬すべき父親であると同時に、企業家でもあるはずだ。そんな彼が父親について否定的な見解を示すとは。

それが露骨に顔に出ていたのだろう。林は皮肉っぽく笑うと、

「そんな顔をするなよ。いくら俺だって、そのやり方はあんまりだと思うさ。でも笑えるのは、そうまでして養子の件を承知させたのに、その直後にお袋が俺を妊娠したってことだ」

「え……あ、でもそうか。そうなるよな」

林と椿本は学年が一つしか違わないのだ。

「まさに青天《せいてん》の霹靂《へきれき》だな。そして生まれた子供は、親父があれほど望んでいた男の子だった」

「おまえの家にとっちゃ良かったじゃないか。——それで椿本先輩は？」

「あっさり養子解消だ。それでまた一悶着《ひともんちゃく》あったそうだ。当たり前だよな。崇の親父さんにしてみれば、断腸の思いで承諾した養子の件だ。解消されたのは嬉しかっただろうけど、そういつもいつも親父の都合で変えられちゃ敵《かな》わないってことだろう」

「はあ……」

どのくらいの騒動になったかは、邦彦にも容易に想像がつく。いくら相手が林グループの社長とはいえ、椿本の父親にしてみれば大事な息子のことだ。それこそ烈火の如《ごと》く怒ったに違いない。

それにしても林と椿本は仲が悪いと思ったが、二代に亘《わた》る諍《いさか》いとは。そんなに根が深いのであれば、それは邦彦がちょっとぐらい林を諫《いさ》めたところで、椿本との仲が良くなるわけがない。

「はあ」

邦彦はもう一度ため息を吐《つ》いた。

そんな邦彦を横目で見ると、林は薄い笑いを浮かべた。

「でもな、そうは言っても、小さい頃は俺も崇と仲良く遊んでいたんだぜ？」

「え……？」

露骨に目を瞠《みは》る邦彦に、林は苦笑する。

「意外かもしれないけどな。親戚《しんせき》の中で一番年も住んでいるところも近かったから——俺は一つ上のお兄ちゃんが大好きだった。強くて、優しくて、なんでもできる自慢の親戚のお兄ちゃん——それが崇だった」

信じられないようなことを口にすると、林は遠くを見つめた。

何を見ているのか——。昔を懐《なつ》かしんでいるのか。戻ることのできない自分たちのことを。

「林……」

「でもな。どこの世界にでもいるんだよ。お節介な連中がさ」

「……それって？」

林は邦彦の方を見ると、唇の端を上げた。

「小学校の二、三年の頃だったかな。親戚のババアが言ったんだよ。『崇君に負けていたら、パパやママを取られちゃうわよ』って。

それで俺は、自分が生まれる前の騒動を知ったんだ。俺が生まれなければ、林グループの跡継ぎには崇がなるはずだったってね。

子供の頃から林グループの跡継ぎと言われ、そう育てられていた俺にとっては、崇を実の兄のように慕っていた俺には……世界がひっくり返るほどの出来事だった。

俺は確認したよ、親父にね。『僕が生まれなければ、崇お兄ちゃんがこの家に来るはずだったの？』ってね。

親父とお袋は一瞬困ったような顔をしたが、誤魔化《ごまか》しても仕方がないと思ったんだろう。もうすでに俺の耳に入っていたんだからな。親父は言ったよ。『そうだよ。崇君は優秀だからね。秀幸も崇君に負けないように勉強しなさい』

たぶん、軽い発破を掛けただけのつもりだったんだろう。でも俺にとっては――」

林は唇を引き結んだ。その時の衝撃が蘇《よみがえ》っているかのようだった。

一瞬目を瞑《つぶ》り、また目を開くと、林はおもむろに話し始めた。

「子供の頃の一歳の差は大きい。俺はそれから死に物狂いでがんばったよ。勉強もスポーツも何もかも。崇に負けないように、後れを取らないようにってな。それでもあいつは俺が必死でやったことを楽々とクリアしちまう。――俺の欲しいものをなんなく取っていくんだ！」

林はあたかもそこに椿本がいるかのように一点を睨み付け、そしてローヤル・サルートを呷った。

「林、止《よ》せよ」

自棄《やけ》になったように飲み続ける林を止めようと、邦彦が彼の腕に手を掛けると、林は振り向きざまいつになく激しい口調で言い募った。

「藤芝のことだってそうだ！　俺は……俺はずっと我慢してたんだ！　自分の立場がわかっているからな！　俺が行動を起こして、藤芝の身に何かあったら大変だから。親父ならやりかねないから……。だから俺はずっと我慢してたんだ！　それを……！　それを崇の奴《やつ》が……！

我慢できなかった。他の何は我慢できても、藤芝は……藤芝だけは……。だから俺は……！」

林はギラギラした瞳《ひとみ》で言いながら、グラスを両手で抱えた。その手が怒りでわずかに震えている。

「だからって、そんな強引なことばっかりやっていたら藤芝に嫌われるだけだろう？」

そこまでの流れを聞いてくれれば、林がどうして藤芝にああまで固執するか良くわかった。だが邦彦としては、これ以上林が力ずくで藤芝に迫るのをなんとか思《おも》い止《とど》まらせなければならなかった。

だが——。

「時間がないんだ」

「え？」

林の口から思いもしなかった言葉が飛び出してきた。

「時間がない？」

「前に見合いを断っただろう？　どうしても彼女とは結婚できないって」

「ああ、理保《りほ》さん、って言ったっけ？」

菖蒲《あやめ》銀行取締役の令嬢、長谷部《はせべ》理保との縁談は、林グループにとっては願ったり叶《かな》ったりの話だった。林グループが今後発展するためにも、菖蒲銀行との結びつきを強くすることは、この上なく大切なことだったのだ。

そのことは林が誰よりも理解していただろう。それでも——林は藤芝を思い切れなかった。

業《ごう》を煮やした忠義がそんな息子に課した条件は、葵鳳銀行を辞して林グループに入り、その分林グループのために働けということだった。将来自分が背負うべき責務を思い知れと言うことだったのだろう。

林商事でしばらく過ごした後、林はグループ銀行設立の目処《めど》を、この春ようやくつけたところだった。

林は苦々しい口調で言った。

「そうだ。そうしたら親父の奴、また新しい見合いの口を持ってきやがったんだ」

「でもおまえ、そっちは親父さんも了解していたんだろう?」

「理保さんの件はな。でも今度のは——。新銀行のほうも一段落ついたから、ってことだろう」

あくまでも、理保は意に染まなかったと取ったということだろう。息子の義務に関して、忠義は甘い顔はしないのだ。

「断れないのか?」

「断れない」

即答だった。

「林……」

林は目を眇めた。

「一度目は許してくれた。でも二度はない。特に今度の相手は駄目だ。うちのグループも今後の日本を見据えて医療方面に力を入れていくことになってな。おまえも知っているだろう?　栂《つが》グループの会長の娘だ」

医療は邦彦の専門ではないが、それでもさすがに介護からバイオテクノロジーまで手広く扱っている栂グループのことは知っていた。

「これを断れば、次は俺が切られるかもしれない」

「それは考えすぎじゃないか?　だっておまえは林グループの唯一の後継者じゃないか」

邦彦の言葉に、林はふと笑った。

「崇がいる」

「林、おまえ……!」

邦彦が絶句していると、林は顔を歪めた。

「俺が駄目なら、崇がいる。たぶん親父はそう考えているだろう。崇の線は捨てていないはずだ。あいつは学業でもスポーツでも仕事でも、俺よりもできるからな」

そう認めることは、林にとっておそらく何よりも悔しいことであるに違いない。が、林はグループを率いることを幼いときから義務付けられた男である。何事も公平な目で見ることを知っていた。

たとえ、それがどんなに辛《つら》いことでも。

「……林」

「笑ってくれ。俺は——偉そうなことを言っても、弱い男だよ。あれだけ藤芝のことを好きでも——それでも将来を捨てられない。崇に負けたくないんだ！」

血を吐くような叫びだった。おそらく椿本と自分との関係を知ったときからずっと、林の中に巣くっていた思いなのだろう。

「だからその前に、藤芝のことに決着を付けたかったんだが……どうやら駄目そうだな」

薄く笑うと、林はグラスを揺らした。グラスの中は、あたかも林の心の中のように波打っている。

（林、可哀想《かわいそう》な奴）

人は彼を御曹司と呼ぶ。欲しいものはなんでも手に入る立場だと思うだろう。だが、彼が一番欲《ほっ》する者は決して手に入らない。幼い頃、身近な遊び相手であり、兄とも慕った男も、林にとってはライバルでしかなかった。

しかもその男が、林の愛する者を攫《さら》っていってしまったのだ。できることなら、何も知らない幼い頃に戻してやりたかった。余計なことを親戚から吹き込まれる前の状態に戻してやりたかった。

──叶わぬ夢ではあるけれども。

邦彦は気を取り直してグラスを掲げた。

「さあ、飲もう、林！」

「五十嵐……」

いきなり声を張り上げた親友に、呆気《あっけ》に取られたような顔をするが、邦彦の気持ちがわかったのだろう。

「そうだな」

林はにっと笑うと、同じようにグラスを掲げた。

「よ〜し、今日はとことん飲むぞ！」

「おう、飲め、飲め！」

邦彦はその晩原稿のことも忘れ、学生時代に戻ったかのように、林にとことん付き合ったのだった。

6

「う、頭が痛い」

前日、林《はやし》を慰めるために、夜中の三時まで酒を付き合った邦彦《くにひこ》には当然、翌日地獄の責め苦が待っていた。

二日酔いである。

できることなら今日は会社に行かず家で寝ていたかったが、原稿を何本も抱えているのでそうもいかなかった。

自分の席でこめかみを押さえながら日経《にっけい》を読んでいると、千鶴《ちづる》がひょいと顔を覗《のぞ》かせる。

「おはよう五十嵐《いがらし》さん。本社に出す原稿なんだけど……うっ」

パーテーションの中の臭《にお》いを嗅《か》ぐと、すぐに顔を顰《しか》めた。

「何、これ」

「水沢《みずさわ》さん……おはよう」

二日酔いの蒼白《そうはく》な顔で挨拶《あいさつ》をすると、自分の声ががんがん頭に響く。かなりな重症だ。

「昨夜、お酒飲んだの？　すごく臭うわよ」

「そんなに臭う？」

「ええ」

千鶴は嫌そうに頷《うなず》いた。

(まずいな)

自分でも酒の臭いが抜けていないことはわかっていた。が、まさかそんなに言われるほどとは思っていなかった。しかしここまで千鶴が言うぐらいなのだ。よほどなのだろう。

(困った)

いくら今日、外に行く用が無いとはいえ、昨夜の行状が丸わかりなのは社会人としていかがなものか。

「昨夜ちょっと飲みすぎちゃってさ」

「ふ〜ん、相変わらず余裕ね〜」

千鶴がからかいとも皮肉とも付かない微妙な口調で言った。

彼女のセリフももっともだ。エレクトロニクスグループの面々は今、ルーティーン・

ワークと書籍の原稿でてんてこ舞いなのだから。

「そんなことないよ。ただちょっと昨夜は友達が荒れちゃって……」

まさか林グループの御曹司の自棄酒《やけざけ》に付き合っていたとは、口が裂けても言えない。

ただでさえ林グループの動向は、経済界では注目の的なのだ。千鶴を疑うわけではないが、どこでどう話が漏れるかわからない。

邦彦が口籠《くちごも》っていると、千鶴が苦笑した。

「仕事だけじゃなくて、五十嵐さんの場合プライベートも色々大変ね」

「ああ……」

（え⁉）

一瞬、ぎょっとして瞠目《どうもく》する。

（〝色々〟ってなんだ⁉　〝色々〟って……！）

千鶴に指摘されるようなことはないはずだ。

（……！　まさか……⁉）

鷲崎《わしざき》とのことで何か感づかれているのだろうか？

――考えてみれば、いくら意気投合したからといっても、同じ会社に勤めているでもないのに、鷲崎とたびたび会っているのは変ではないか。

それに邦彦の気が付かないところで、何かボロを出してしまっているのかもしれなかった。千鶴は鷲崎に憧《あこが》れを抱いているから、他の人間より細かいところまで気が付くのかもしれない。

「あの……水沢さん」

恐る恐る邦彦が、お伺いを立てるように尋ねると、千鶴が人差し指でフロアの反対側を示した。

「酔《よ》い醒《ざ》ましにコーヒーでも飲んできたらどう?」

「え……?」

「コーヒーよ。そうしたら二日酔いも少しは良くなるんじゃない?」

きっぱりと言われたが、千鶴はそれ以外何か言うそぶりは見せていなかった。

「そうだね」

邦彦はほっとしながら席を立った。

千鶴が〝色々〟に言及する様子がないところを見ると、どうやら他意はないらしい。

(ああ、びっくりした)

邦彦は胸を撫《な》で下《お》ろした。

しかし油断はできない。どこで馬脚を露《あらわ》すかわからないのだ。考えてみれば、この頃鷲崎と一緒にいるのが当たり前になってきていて、最初の頃のような注意深さが欠如してきたような気がする。

（気をつけなくちゃな）

二人の仲が皆に知られてしまったら、それこそ一巻の終わりなのだ。

フロアの端に設置されているコーヒーメーカーのところへ行くと、すでに湯原《ゆはら》と辻谷《つじたに》がいて、コーヒー片手に何やら熱心に話し込んでいた。

「この配分でいくと、大熊《おおくま》さんに提示された枚数をオーバーしちゃうかもしれないですね」

「最初はそれでも構わないだろう？　どうせ各自原稿が出来上がったところで摺《す》り合《あ》わせをするんだ。あまり細かいところは気にせず、各自書きたいように書かせてみろよ」

話の内容から察するに、書籍の原稿のことだろう。

「おはようございます。何か変更でもあったんですか？」

邦彦が声を掛けると、辻谷と湯原が同時に振り向く。

「ああ、五十嵐か、おはよう」

「おはよう。いや、特に変更っていうんじゃないんだけど、今のままでいくと書籍の原稿がオーバーしそうだったから、辻谷さんに相談していたんだ」

「そうなんですか」

二日酔いを我慢して、邦彦が極力小さな声で辻谷に尋ねると、普段妻子を養うのに少しくたびれた感がある辻谷は、いつもと違い、やる気に満ち満ちた口調で答えた。

「今から考えても仕方が無いさ。それは原稿が出揃《でそろ》ったところで調整すればいいことだからな。それに――」

言い掛けて、辻谷は眉《まゆ》を顰《ひそ》めた。

「……おまえ、昨夜は大分飲んだな」

コーヒーサーバーからコーヒーを注いでいた邦彦は、声も無く笑う。声を出すと、頭にがんがん響くのだ。

「え？　五十嵐ですか？」

辻谷の後方にいた湯原は、辻谷ほど臭わなかったのだろう。怪訝《けげん》な顔をした。酒は飲んでも、滅多に二日酔いの様相で研究所に来たことがない邦彦である。なのでいつもより青白い顔をした部下と、二日酔いが結びつかなかったようだ。

だが辻谷の言葉に鼻をひくつかせると、途端に眉根《まゆね》を寄せる。

「う、これは」

「だろう？」

辻谷も渋い顔だ。

「おまえ……飲みすぎだよ。今日は社外のアポイントはないんだろうな」

「はい、ありません」

邦彦は神妙な面持ちで辻谷に返事をした。

さすがに今日、外の人間と会うのであれば、林に明け方まで付き合えなかっただろう。この酒臭さでは社外の人間に会ったら、研究所の名前に傷が付く。

「それならいいけどな。それから月報の締め切りもあるぞ」

「大丈夫です。それは昨日のうちに書き上げておきましたから。今日推敲《すいこう》して提出します」

「そうか」

生真面目《きまじめ》な口調で答える邦彦に、辻谷もまた重々しく頷いた。が、次の瞬間、にやっと笑うと、湯原と頷き合う。

「な、なんですか？」

思わず、カップを持ちながら及び腰になると、その分辻谷と湯原が前に出た。

「で？　そんなに臭うほど一緒に飲んでいた相手はこっちか？」

「そうか。こっちなのか、五十嵐」

湯原と辻谷はオヤジくさく、二人揃って小指を立てる。

(冗談じゃない!)

ここできっちり否定しておかないと、どんな噂《うわさ》を流されるかわかったものではない。

「違いますよ!」

二日酔いを忘れて思わず大声を出すと、頭の中で鐘をつかれたように響く。

「隠すなよ」

「そうだ。そういうのはきちんと辻谷さんと俺に報告しないとだな」

「本当に違いますってば!」

ガンガンする頭で、必死になって邦彦が言い募るが、湯原も辻谷も聞いてはいなかった。

「いや〜、若いっていいですね〜。俺も独身時代は今の妻と、彼女の門限ぎりぎりまで一緒にいましたよ」

「俺もそんな時代があったよ。あの頃は良かったなあ。結婚する前だから、女房《にょうぼう》もまだ可愛《かわい》げがあってなぁ」

「課長、そんなこと言って、実はそれ以外も『あり』じゃないんですか? 聞きましたよ。昔の武勇伝を」

「おいおい、勘弁してくれよ～」

二人ともコーヒー片手に、笑いながらその場を離れていく。

「課長！　湯原さん！　違いますってば！　聞いてますか⁉　違うんですよ！」

邦彦の訴えが空《むな》しくフロアに響いた。


「『――よって、将来的には大きな飛躍が期待できるであろう』っと」

邦彦はキーを打つ手を止めると、ため息を落とした。さすがに午後には二日酔いも治り、頭もすっきりしていた。

（まったく）

昼間、辻谷に月報を見てもらった後、辻谷は邦彦を見てはまだにやにやしていた。湯原もそうだ。

（絶対、誤解している）

これが本当に女性と飲んだ、というのならまだ諦《あきら》めもつくが、林相手に飲んでそんな噂が立つというのがなんとも悲しい。

「空しすぎる」

ぽつりと呟《つぶや》き、項垂《うなだ》れる。が、次に頭を左右に振って、深呼吸した。

これ以上、余計なことを考えても仕方がない。

（それよりも仕事だ、仕事）

今書き終わったので、業界レポートは一応終わりだ。

（今月はあと何本だ？）

一本、二本と今月書かなければならない原稿の数を数え出す。

「げ、あと三本もあるのか～」

無論これは、大熊に頼まれたエレクトロニクスグループ全体で出す本の原稿と別の、ルーティーン・ワークの一環である。

辻谷が言っていたように、ただでさえ普段こなしている仕事の量も少なくないところへ持ってきて、書籍の原稿が入るというのは、思った以上にハードワークだった。

それでも邦彦たちは会社名で本を出すという、いわば業務として書籍を出すため、時間内で原稿を書くことを許されていた。しかもエレクトロニクスグループ全員の分業である。

これをすべて就業時間外に一人でやれと言われたら、正直今の邦彦にはいつ原稿を上げられるか自信がない。

(でも鷲崎さんはともかく、鳥海《とりうみ》さんはやっているんだよな)

当たり前のこととして。

それが鷲崎や鳥海と自分たちの差かと思うと、腹が立ってくると同時に、自分のふがいなさを感じた。

「はあ～」

思わず大きな声を上げると、隣のパーテーションで仕事をしていた川口《かわぐち》が顔を突き出してきた。

「おお、どうしたよ。でかい声出して」

「あ、すみません」

邦彦が恐縮すると、川口がいたずらっぽく笑う。

「どっかレポートでもつまずいたのか?」

「いえ、そういうんじゃないですけど」

邦彦は口籠った。せっかく辻谷が取ってきてくれた仕事だ。今から弱音を吐きたくない。そんな人間だと思われたくない。

するとと川口は、わかっていると言いたげに苦笑した。

「本の原稿が入って、仕事量が増えたから大変だよな」

「川口さんもそう思います？」

邦彦は顔を輝かせた。

自分だけが弱気になっていたのではないと思うと嬉しかった。しかもそれが先輩の川口なのが余計心強い。

「そりゃそうだよ。普段から皆結構仕事を持っているじゃないか。やっぱり本の原稿が入ったのはきついよ」

「そうですよね」

「ああ。ただなあ。鳥海さんたちのことを考えるとなあ」

川口はそう言うと難しい顔をした。邦彦も首肯する。

「実は俺もそう思っていたんです。鳥海さんも鷲崎さんも、日中は日常業務をこなして、就業時間後や休日を使って、本の執筆をしているんですよね。やっぱりさすがっていうかなんていうか」

「まあ、やっぱりワシザキ・リサーチ・インスティチュートの名前は伊達《だて》じゃないってことだよな」

「そういうことですね」

認めたくはないが、やはり敵ながらあっぱれと言うしかない。悔しいが、同じアナリストとして尊敬の念を抱かざるを得ない。

「まあ、でも休日が潰《つぶ》れるっていうのは、正直ぞっとしないな」

スミス・シェファード証券は外国資本の会社ゆえに、本店の営業部署ならいざ知らず、研究所では残業をするのは元来無能の証拠と見做《みな》される。仕事は就業時間内に片付けることが当たり前となっていた。よって休日に家で仕事をするということも滅多にないのだ。

「きつそうですよね」

「そうだよ。四六時中仕事仕事になるわけだろ？」

そう言うと、川口はふと邦彦のほうを見て、にっと笑った。

「な、なんですか？」

嫌な予感がして、思わず椅子《いす》ごと後ろへ引いた。川口がそんな顔をして笑うのを見たことがない。

「おまえはな〜、休みの日なんかに仕事が入りでもしたら大変そうだもんな」

「え？」

邦彦がぎょっとすると、川口は腰を屈《かが》め、後輩の耳にこそっと囁《ささや》いた。

「キスマーク」

「は？　……え⁉　ええっ‼」

思わず邦彦が首筋に手をやると、川口はニヤリとした。

「この間、朝暑かった日にさ。ネクタイを緩めただろう？　そうしたら見えちゃったんだよね。情熱のキスマークがさ～」

最後の言葉を、まるで歌うように言われるが、邦彦は口をぱくぱくしているだけで、声が出ない。

まさか川口に見られていたとは。というより、あの日、鷲崎にキスマークを付けられていたとは夢にも思っていなかった。

（あんの～、エロオヤジ～‼）

先程までの尊敬の念はどこへやら。今この場に鷲崎がいたら、絶対に殴りつけているに違いない。

「その相手だろ？　昨夜飲んだのって」

「え⁉　いえ、川口さん、それは……」

川口の耳にまで届いていたとは思わず、邦彦は慌てた。が、川口にしてみれば、邦彦のそんな態度は噂を肯定しているようにしか映らなかった。

「いいっていいって。俺に隠すなよ」

「いえ、だからそれはですね」

どこをどう訂正していいかわからない。

顔を青くしたり赤くしたりしている邦彦をよそに、川口は腕を組み、したり顔で何度も頷いた。

「いいよな〜、五十嵐は。伝説のストラテジストに可愛《かわい》がってもらっている上に、キスマークを残すような情熱的な恋人がいてさ〜。俺も少しあやかりたいよ」

（う……！）

その伝説のストラテジストが、川口言うところの情熱的な恋人なのだ。

真実は話せず、しかし誤解は解きたいというジレンマにどうしたらいいかわからず、結局は押し黙るしかない邦彦の肩を、川口はぽんと叩《たた》いた。

「大丈夫。俺は口が堅いから、水沢には黙っていてやるよ」

「え？」

どうしてそこで千鶴の名前が出てくるのかわからない。邦彦が怪訝な顔をして川口の顔を見返すと、川口は邦彦の肩をがっちり摑《つか》んだ。

「だから俺に、その恋人の友達でも後輩でも先輩でもいいから紹介してくれ。な？」

「川口さん、あの」

「五十嵐、吉報を待っているぞ」

言いたいことだけ言うと、川口は自分の席に戻っていった。

(……悪夢だ……)

この分だと、どこまで噂が広がっているかわかったものではない。

(どうなっているんだよ～)

少なくともアナリストの集まりなのだ。情報を正しく分析してほしい。仮に彼女相手にこんなに飲んだら、一発で嫌われるだろうに。

邦彦は頭を抱えた。

「……飲むんじゃなかった」

珍しく林に同情したのがいけなかった。その結果がまさかこんなことになろうとは――。

「く～、林～」

本人にその気は無くとも、やはり林は悪友以外の何者でもなかった。


「暑い……」

それから数日後、ヒアリングに行った帰り、邦彦は汗を拭《ふ》きながら研究所への道を歩いていた。

ヒアリングに行った会社でも電車でも、冷房が利《き》きすぎるぐらい利いていたので、外に出ると一気に汗が噴き出てくる。

(早く秋にならないかな)

夏になったばかりだというのに、そんなことをつい考えてしまう。

と、そのとき、後方から声が掛かった。

「五十嵐君」

「鷲崎さん……！」

振り返ると、鷲崎が微笑《ほほえ》みながらこちらに向かって歩いてきていた。炎天下だというのに、まるでクーラーの良く利いた部屋で会ったかのように、すっきりしている。ストライプのワイシャツにえんじのネクタイが良く似合っていた。

まさか研究所の近くで会うとは思わず驚いていると、鷲崎は苦笑した。

「そんな幽霊に会ったような顔をしなくてもいいだろう」

「すみません。この辺で鷲崎さんに会うのは珍しいですから」

邦彦が見かけたことがあるのは、メディア・ライン通信のコンペのとき、残業をしていた彼が夕食を食べようと外に出て、麗子《れいこ》と一緒にいる鷲崎を見かけたときぐらいだ。

あの頃はまだ鷲崎を好きだとわからなくて——いや、すでに心は囚《とら》われていたのだろう。そうでなければ、麗子と一緒の鷲崎を見て、あんなに心が騒ぐことはなかったはずだ。

「そうか？　ちょうどこっちで仕事があってね。——五十嵐君、どうかしたのか？　顔が赤いぞ？」

「え⁉　いえ、そんなことは」

余計なことを思い出したからに違いない。

（危険だ。平常心、平常心）

自分に言い聞かせていると、鷲崎が尋ねてきた。

「昼飯は？」

「え？　あ、いえ、まだです」

「じゃあ付き合わないか？　良い店を知っているんだ」

鷲崎に誘われ、邦彦は頭の中で午後の予定を思い出す。

（大丈夫だ。午後はレポートと書籍の原稿を書くだけだ）

「お供します」

邦彦の答えに、鷲崎は満足そうに頷いた。

鷲崎が連れていってくれたのは、研究所から少し離れた場所にあり、表通りに面したイタリアンの店だった。

店の中はテーブル席が十席とカウンターとまずまずの広さがあり、夏の暑い日差しを遮るように生成りのロールカーテンが下ろされていたが、緑が店の四隅に置かれていたので薄暗い感じはなく、却《かえ》って涼しげな雰囲気を醸《かも》し出《だ》していた。

会社の昼休みの時間より少し早いとあって、客の姿はまだまばらだった。

「こんな場所にイタリアンの店があったんですね。全然知りませんでした」

「そうか？　私はスミス・シェファード証券時代に開拓したんだが。——もっとも企業調査部と投資調査部だと、行きつけの店も変わってくるからな」

そうなのだ。同じ研究所にあっても、部長の行きつけや代々の所員によって引き継がれた店によって、行く店が違うのである。

「ここは研究所から少し離れてはいるが美味《うま》いぞ。ランチになると、近場の会社から食べに来ている」

「そうなんですか」

邦彦は興味深げに店内を見回した。

ここの味が口に合ったら、残業をするときに食べに来てもいい。

(でもなあ、いくら残業とはいえ、こんな店に一人で入るのも勇気がいるかも)

昼間はランチをやっているからいいとしても、夜は違ったムードになるだろう。定食屋とは違い、男一人でそんなイタリアンの店に足を踏み入れる勇気があるだろうか。

邦彦が考え込んでいると、鷲崎がからかうように言う。

「夜、一人でも大丈夫だ」

「え⁉　どうして」

あたかも邦彦の考えを読んだかのような言葉に目を見開くと、鷲崎はいたずらっぽく微笑んだ。

「わかるさ。その百面相を見ていればね」

「鷲崎さん」

そんなに顔に出ていただろうか。思わず邦彦が顔に手をやると、

「というのは冗談で、私もかつてはスミス・シェファードにいたんだぞ。残業したとき、一番困ったのは食事だったからね。君が新しい店に来れば何を考えるかぐらい、見当がつ

くさ。少々研究所からは歩くが、割合遅くまでやっているからね。ここを開拓してからは、私も夜たまに一人で来たもんだよ」

「そうだったんですか。それを聞いて安心しました。そんなに顔に出やすいかなって」

あまり表情に出やすいのも考えものなのだ。機関投資家に紹介する説明会などで、質問を受けるたびに顔を赤くしたり青くしたりしていては、自分のした説明に対しての信頼を失ってしまう。

するとは鷲崎は思わせぶりに笑った。

「普段は大丈夫だよ。だいぶポーカーフェイスが上手《うま》くなってきた。もっとも別のときには素直な反応を見せてくれるから、私としては——」

「鷲崎さん！」

頰《ほお》を赤くしながら慌てて鷲崎を止めに入る。

(まったく何を言い出すんだよ！　こんなところで、このエロオヤジは！)

邦彦が鷲崎を睨《にら》み付《つ》けていると、ちょうどウェイターがランチを運んできた。

「お待たせいたしました」

薄切りのステーキが三種類に付け合わせ、サラダにスープ、ライスが目の前に置かれる。いかにも美味そうだ。

それでも邦彦がまだ睨むのをやめないでいると、鷲崎は降参した。

「わかったよ。私が悪かった。冷めてしまうぞ。食べよう」

そう言われると、邦彦も意地を張り通せない。ここはひとまず休戦だ。

「いただきます」

一口肉を食べると、口の中で蕩《とろ》けた。ランチといえども食材に手を抜いていない証拠である。

「美味い！」

思わず邦彦が舌鼓《したつづみ》を打つと、鷲崎がまるで自分が料理したかのように、自慢げに言った。

「だろう」

「ええ、こんなに美味《おい》しい店が近くにあったなんて感激ですよ」

スミス・シェファード証券経済研究所が入っているビルには、他の企業との共同運営の食堂があるから昼間はいいが、その食堂や近隣の店は夜、早い時間に店を閉めてしまうから、夜ちょっとでも遅くまで仕事をしようとすると、本当にこの辺は食事に困るのだ。

少し遠くであっても残業時に来られる店が増えるのは嬉しいし、味が良ければなおさらだ。

（助かるなあ）

書籍の原稿や、それの打ち合わせが今後増えることが予想される今、残業時の食事をどうするかは死活問題だ。

邦彦がそんなことを考えながらステーキをぱくついていると、鷲崎がじっと彼を見つめている。

「なんですか？」

そんなに見られていると食べづらい。

「少し痩《や》せたか？」

「え？　そうですか？」

邦彦は首を捻《ひね》った。家に体重計がないので、秋の健康診断を待たないと体重がどのくらいになったかはわからない。

が、言われてみれば、ズボンがいささか緩くなったようにも感じる。もしかしたら鷲崎が言うように、ちょっと痩せたかもしれない。

「ここのところ忙しくて、夜もカップラーメンでしたからね」

それこそ残業続きで、周りの店は全《すべ》て閉まってしまい、エレクトロニクスグループの面々は夜、カップラーメンを啜《すす》るのが定番となっていた。

　すると鷲崎は痛ましそうな顔をした。

「あまり無理するなよ。今からそれだと、追い込みのときに保《も》たないぞ」

「はあ」

　わかってはいるのだが、やはり力が入ってしまうのは仕方がないことなのだ。まず皆で原稿を書いた後、原稿をつき合わせて用語の統一などを図らなければいけないので、締め切りよりかなり手前で第一稿を上げなければならなかった。

　なので、今がんばらなければ原稿が間に合わない。昼間はどうしてもルーティーン・ワークの仕事が優先されてしまうので、書籍の原稿は夕方以降の仕事になってしまう。

「そうもいかないって顔をしているな」

　鷲崎が苦笑する。

「すみません」

　心配してくれているのはわかるのだが、邦彦にもどうしようもない。解決策は一つだけ。ともかく原稿を上げることだ。

「ま、こんな仕事をしている者の定めだな。その代わり――」

　鷲崎が言い掛けたとき、聞いたことのある華やかな声が遮った。

「あら、五十嵐さんじゃないの」

その声に顔を上げると、鷲崎の別れた妻であり、リチャードソン証券法人営業部部長、西山《にしやま》麗子がにこやかな笑みを浮かべて立っていた。

エメラルド・グリーンのサマーニットに、それとお揃いのカーディガンを羽織っている。他の者が着れば派手《はで》になるだろうそれも、彼女には嫌味なく似合っていた。

「西山さん」

「何⁉」

鷲崎はそれまでの上機嫌はどこへやら、たちまちむっつりとした表情になって振り返る。すると麗子はわざとらしく、

「あら勲《いさお》、いたの？　全然気が付かなかったわ」

と、これまた白々しい嘘《うそ》をついた。

「おまえなあ」

さすがに鷲崎が呆《あき》れたように言うが、麗子はまるで意に介したふうもなく邦彦に話し掛ける。

「お久しぶりね。五十嵐さん。ここで会えるなんて、今日はこの店にしてラッキーだわ」

この店はリチャードソン証券に近いので、おそらく行きつけの店になっているのだろう。

そして麗子にそう言われると、邦彦も応じないわけにはいかなかった。立ち上がり、麗子に頭を下げる。

「ご無沙汰《ぶさた》しています」

「本当よ。五十嵐さんたら会社が近いんだから連絡してくれればいいのに、ちっとも電話もくれないんですもの」

「あ、いえ、その……」

相変わらずの麗子のペースに邦彦がおたおたしていると、鷲崎が横から口を挟んだ。

「五十嵐君は今原稿を沢山抱えていて、おまえの相手をしている暇はないの」

「あら、こうやってあなたとお昼を食べているじゃないの」

「偶然さっきそこで会ったんだよ。なあ、五十嵐君」

「はい」

そこは本当なので邦彦が力強く返事をすると、麗子は柳眉《りゅうび》を逆立てた。

「ふうん、何よ。愛の力とでも言いたそうね」

「当然だ」

鷲崎は胸を張るが、こんな場所でそんな話は勘弁してほしい。どこで誰が聞いているかわからないのだ。

鳥海ではないが、まだ日本の社会はそういったことに寛容ではない。

「鷲崎さん、麗子さんも」

邦彦の当惑が二人にもわかったのだろう。麗子は肩を竦《すく》めた。

「ま、ここは可愛い五十嵐さんに免じて許してあげる」

「何が『許してあげる』だ。おまえに許してもらうようなことじゃないだろう」

しかし麗子は元夫のたわごとには耳も貸さず、邦彦に女らしい笑顔で迫った。

「五十嵐さん。今度は私と一緒に食事をしましょうね。麻布《あざぶ》に美味しいフレンチのお店があるの」

「は、はあ……」

冷房のよく効いた店に長時間いるので、すでに汗は引いたはずなのに、なぜまた違う汗が噴き出てくるのか。

「麗子、おまえ！」

鷲崎は唸《うな》り声《ごえ》と共に麗子をはっしと睨《ね》め付けるが、彼女は一顧《いっこ》だにせず、

「約束よ」

「は、はあ」

我ながら「はあ」しか口にできないのは情けない限りだが、迂闊《うかつ》に返事をすると鷲崎か

らも麗子からも突っ込まれそうで、恐ろしくてそれ以外は言えないのが現実だ。

そして麗子もそれを察しているのだろう。額に脂汗を浮かべた邦彦を、楽しげに見ている。

「良かった。それじゃお邪魔しました。またね、五十嵐さん」

邦彦に愛想《あいそ》良く笑い掛けると、いつの間に来ていたのか、奥の席に座っていた部下らしい一団に手を振った。

「ごめんなさい。お待たせ」

颯爽《さっそう》と去っていくその後ろ姿を見送りながら、ようやく終わった責め苦に、邦彦は長いため息を落とし、椅子に座った。

だが前を向くと、鷲崎が憮然《ぶぜん》とした面持ちで邦彦を見つめている。

「どうしたんですか?」

「まさか麗子と会うつもりじゃないだろうな」

「はあ?」

邦彦は素《す》っ頓狂《とんきょう》な声を上げた。

いったい何を言い出すのだ、この男は。どこの世界に、恋人の別れた妻と会う人間がいるというのだ。

(できれば避けたいに決まっているじゃないか)

それなのに鷲崎は、警戒心を緩めない。

「どうなんだ、邦彦。許さないぞ」

親の心、子知らず、ならぬ、恋人の心、エロオヤジ知らずというのはこういうことを言うのだろう。

まさかはっきり断れなかった意味をわかっていないとは。

(伝説のストラテジストなんじゃないのかよ)

そう突っ込みたいのを我慢して、邦彦は鷲崎をまじまじと見つめ、またしてもため息を吐《つ》いた。その態度に鷲崎が眉を顰める。

「なんだ、それは」

「いえ……。気持ちってなかなか伝わらないんだなと思って」

「ちょっと待て!　それはどういう意味だ!?」

身を乗り出して尋ねる鷲崎に、邦彦は言葉もなく頭を左右に振ると、フォークを取る。

料理がまだ冷めていないのが、せめてもの救いだった。

7

大熊《おおくま》がエレクトロニクスグループに姿を見せたのは、それから二週間後のことだった。

皆の原稿を突き合わせる——いわゆる第一次の締め切りまではまだ間があったが、それまでの進捗《しんちょく》状況を直《じか》に担当者の目で見て、また執筆者たちと円滑なコミュニケーションを取るためには、実際に会って話したほうが良いと考えたのだろう。

それは邦彦《くにひこ》たちにも良くわかった。邦彦たちもヒアリングをするとき、電話やメールやFAXではなく——もちろん無理なときはそれで済ますこともあったが——なるべく担当者に直に会って話を聞くことにしている。

どんな仕事もそうだろうが、やはり電話やメールのやり取りだけで済ませるよりも、実際に会って話すと、その後の仕事がぐんとやりやすくなる。

信頼——というのだろうか。会って話すと、どんな表情の、どんな気持ちで相手が言っているかが如実《にょじつ》にわかるし、電話やメールでは摑《つか》みきれない細かいニュアンスといったものが読み取れるからだ。

そしてそれは相手も同じだろう。会って話すことで親しみも湧《わ》き、仕事と関係のないたわいもない世間話から、結果的に仕事に結びつくこともあるのだ。


「なかなか皆さん、調子がいいですね」

大熊は途中まで書きかけている各自の原稿に目を通しながら、満足そうに頷《うなず》いた。その言葉に、皆ホッとしたような表情を浮かべた。

辻谷《つじたに》が代表して口を開く。

「そうですか。なにぶんにも皆、書籍の原稿は初めてなものですから、最初は戸惑い気味だったんですが」

「いえ、順調じゃないですか。この分だと、予定どおり原稿が揃《そろ》いそうですね。それで一点、ご注意申し上げたいことがあるのです。この用語の使い方なんですが」

大熊はそう言うと、各自の原稿を取り上げて説明を始める。

(う～ん、嘘《うそ》みたいだ)

その様子を眺めながら、邦彦は心の中で唸《うな》った。ああやって大真面目《おおまじめ》に説明をしている大熊を見ていると、先日彼が尻《しり》を触ってきたのが嘘のようだ。

もちろん、格好はこの間と同様に奇抜だ。

顎《あご》の周りは髭《ひげ》が覆っているし、今日は紫地に黄色い花柄が目にも鮮やかなアロハシャツを着ている。下はブルージーンズに、持ってきた生成りのジャケットと、靴が革靴なのだけがかろうじて、という感じだった。

研究所に入ってきたとき、邦彦たちはまだしも、他のアナリストたちは一斉に大熊に注目していた。

それでも——。

「五十嵐《いがらし》さん、ここの表現なんですけど、図を使っての説明のほうが、読者にはわかりやすいと思うんですよ」

「ええっと、あ、はい。わかりました」

邦彦が書いているとき迷った箇所を、きちんと指摘してくる。

「お願いします。それから水沢《みずさわ》さん、三ページ目の文章なんですが——」

「はい」

千鶴《ちづる》が手元に持ってきている書きかけの原稿を捲《めく》り、大熊の指摘箇所に目を走らせた。

大熊は今日来る前に、各自の原稿を区切りのいいところまでメールで送らせて目を通し、それぞれの原稿の問題点を洗い出して、個別に説明している。

各自、別々のレポート等は数え切れないほど書いているものの、書籍となるとまた別だ。しかもエレクトロニクスグループ共同執筆なので、書き方にも気を使う。大熊の指摘は、その点を見逃さずに衝《つ》いてきている。

邦彦は大柄な編集者の横顔を注視した。

こうやって仕事をしている大熊は、「有能」という言葉がぴったりと当てはまる。それこそ鷲崎《わしざき》が一目置く担当編集者だった。


打ち合わせが終わった邦彦たちは、慰労を兼ねて、大熊と共に新宿《しんじゆく》にある居酒屋へ行った。

「私の行きつけの店なんですよ。もっとも行きつけというほどの店でもないんですけどね」

大熊は恥ずかしそうに笑ったが、その笑顔が、常に自信満々な様子を見せている大熊にしては珍しく子供っぽく映り、邦彦は「あれ？」と思った。

（へえ、ああやっていると結構感じ良いじゃないか）

べつに大熊が感じが悪いというのではないのだが、ともかく初回に尻を触られたので、警戒心を捨てきれずにいるのだ。

店は大熊が言ったとおり、さほど綺麗《きれい》でも大きくもなかったが、座敷形式の店は客を和ませ、店の壁の四方に貼《は》られたメニューは豊富で、和食を中心に煮物焼き物揚げ物と揃っており、大熊ならずとも邦彦たち独身男の心を摑むには十分だった。

大熊と辻谷を中心に座り、全員にビールが行き渡ると、皆グラスを掲げる。

「それじゃ、お疲れ様でした」

「お疲れ様でした！」

ビール・ジョッキのぶつかる鈍い音が響いた。

渇いた喉《のど》にほろ苦いビールが流し込まれると、爽快感《そうかいかん》が生まれる。邦彦だけでなく、皆美味《うま》そうにごくごくと飲んだ。

「仕事後の一杯は堪《こた》えられないですね～」

川口《かわぐち》がいかにも、といった口調で言うと、皆一様に頷いた。

「それじゃ、食べ物は何にしますか？　ご覧のとおり、家庭料理が中心ですが」

大熊が尋ねると、意外なことに食いついたのは妻帯者の辻谷だった。

「家庭料理、いいですね。男心をくすぐるラインナップですよ」

その言葉に、

「課長、何言っているんですか」

「そうですよ。課長は五十嵐や俺と違って、ちゃんと家で奥さんがご飯を作って待っていてくれているじゃないですか」

邦彦と川口が口々に非難すると、辻谷はがっくりと肩を落とした。

「それはな、確かに家に帰ればご飯はできているよ」

「だったら良いじゃないですか。俺と同じですよ。あれは嬉《うれ》しいですよね〜」

新婚気分冷めやらぬ湯原《ゆはら》がうきうきとした口調で辻谷に同意を求めると、当の辻谷はなんともいえない表情で湯原に言った。

「馬鹿《ばか》野郎！　新婚さんのおまえのところとうちを一緒にするな」

「……課長？」

辻谷の言葉に、湯原は戸惑う。それはそうだろう。新婚の湯原には、辻谷が怒る理由がわからないのだ。

「おまえのところは、まだおまえの好物を嫁さんが作ってくれるだろう？」

「はい。朝嫁さんが『今日の夕飯は食べたいものある？』って聞いてくれます」

(湯原さん、そんな羨《うらや》ましい生活を！)

照れながらも嬉しそうに答える湯原に、その場にいる誰もが嫉妬《しっと》の色を隠せない。

辻谷は皮肉っぽく口の端を上げた。

「そんなのはな、今のうちだけよ」

「課長?」

「子供でもできてみろ。分厚いステーキが食いたくても、子供が食べたがっているハンバーグが夕食には出てくるわけよ。酒の後はさけ茶漬けでサラサラといきたくても、子供の好きなスパゲティだとか、カレーライスだかが食卓には並ぶわけよ。俺の食べたいものより、子供の食べたいものが一番。そういう世界が待っているんだよ」

思わず場がしんと静まり返る。結婚生活の過酷さを垣間見たような気がした。

新婚気分に浸っていた湯原は、自分の前にこの先広がるであろう荒涼とした風景を無理やり見せられて、顔を引きつらせてさえいた。

(結婚って大変なんだ……)

辻谷の言葉の重さに、邦彦はしみじみと感じさせられた。

「……なんだか湯原さんと辻谷課長って、『結婚生活ビフォア・アフター』みたいですね」

千鶴がぼそっと呟《つぶや》くと、辻谷は彼女のほうを向いた。

「悲しいが、上手《うま》いぞ、水沢！　おまえだけは結婚してもそういうカミさんにはなってくれるなよ」

　切々と訴える。

「は、はい……」

　辻谷の勢いに飲まれたように千鶴が頷くと、大熊が慰めるように辻谷のグラスに自分のグラスを小さくぶつけた。

「辻谷さん、本当にお疲れ様です」

「大熊さん、いや、お恥ずかしい限りです。つい」

　いつもなら社外の人間がいるところで、赤裸々に自分の家庭生活を語ることをしない辻谷だが、よほど思うところがあったのだろう。

「いえいえ、自分はまだ結婚をしていないので、課長さんのお話は大変勉強になります。今日は思う存分、お好きな料理を召し上がってください」

「ありがとうございます」

　数分後、邦彦たちの前には焼き鳥や、肉じゃが、出し巻き卵にキュウリとセロリのもろみ和《あ》え、もずく酢、冷《ひ》や奴《やっこ》、豚肉と大根の味噌煮《みそに》といった、大人好みの家庭料理がずらりと並んでいた。

それを幸せそうに食べている辻谷を見ながら、冷酒を飲んでいると、

「ああして見ていると、結婚って本当に大変そうですね」

「はあ……、へ⁉」

ふと横を見ると、大熊が来て胡坐《あぐら》をかいて座っている。

（いつの間に⁉）

最初、というか、ついさっきまで大熊は、テーブルを挟んで邦彦の斜め前に座っていたはずだ。それがどうしてこんなところに⁉

邦彦の混乱を他所《よそ》に、大熊はなんら問題なさそうに徳利《とつくり》を片手に親しげに話し掛けてくる。

「五十嵐さんは結婚のご予定とかはないんですか？」

「お、俺……私ですか？　あいにく今のところ無いですね。大熊さんは」

「私ですか。私は結婚そのものに興味がないもんで。もっとも一生一緒にいたい相手とやらに巡り合っていないからかもしれませんが」

「はあ、そうですか」

なぜ大熊と――いくら担当とはいえ、会ってまだ二回目の相手と結婚について話さなければならないのか、邦彦にはまるでわからなかった。

いや、世間話といえば世間話だ。辻谷の愚痴を聞いた後だけに、そういう話の流れになってもおかしくは無いだろう。

が、問題なのは——。

（どうしてにじり寄ってくるんだよ〜!!）

邦彦の気のせいならいい。ガタイが良く、髭なんぞも蓄えているせいか、ひどく威圧感がある。そのせいだけならいい。前回尻を触られて神経質になっているだけなら、謝ろう。

だが胡坐をかいた大熊は、明らかにじりじりと邦彦との間合いを詰めてきていた。

「大熊さん、あの……」

「なんですか？」

「……いえ……」

どうすればいいのだろうか。

（俺の気のせいか？　考えすぎか？）

ちらっと邦彦が目を上げると、大熊がにこっと笑い掛けてくる。

仕方が無く邦彦も笑みを返した。

「結婚は考えていらっしゃらなくても、付き合っている人はいるんじゃないですか？」

「え……」

「いや、今回の仕事でデートする時間が減って、お相手に怒られていなければいいなと思いまして。結構そういう話を聞くもんですからね」

「そうなんですか」

大熊はあからさまに邦彦に手を出してきているわけではない。傍《はた》から見れば、非常に話に花が咲いているようにしか思えないだろう。それが証拠に、誰一人として邦彦の危機には気がついていなかった。千鶴も川口も、辻谷や湯原と飲みながら食べながら笑っている。

しかし――。

「五十嵐さん。どうですか」

大熊は徳利をあげ、酌をしようとしてくる。こう来られると断るわけにもいかず、邦彦も自然とお猪口《ちょこ》を手で持つ。

「どうも」

大熊は冷酒を注《つ》ぎながら、ほんの少し上体を進めてくる。そうすると大熊と邦彦の間が狭まる。

（う……！）

咎《とが》めるように邦彦が睨《にら》み上《あ》げると、大熊は邪気が無いようににこっと笑い、

「ちょっと失礼」

と言うと同時に邦彦のほうを向いた。

「え?」

「いや……あ!!」

「うわ!?」

いきなり大熊の身体《からだ》が傾《かし》いで、邦彦に覆《おお》い被《かぶ》さってくる。

「大熊さん……!」

飲んでいた千鶴や川口たちも、さすがにどうしたことかとこちらを見た。

「あら」

「大熊さん、大丈夫ですか?」

「こりゃすみません。そっちにある上着を取ろうと思ったら……。酔っ払っちゃったかな」

大熊の指し示すほうに視線をやると、確かに彼の言うとおりジャケットが置かれている。

が、しかし――!

いつまで経《た》っても大熊は邦彦の上から退《ど》こうとしなかった。

「大熊さん、重いですよ。早く退いてください」

ともかくガタイのいい大熊だ。いくら邦彦が押し返そうとしても、自主的に身体を起こしてくれないとビクともしない。それにいつまでも男の下にいるというのは、気分のいいものではない。

「大変失礼しました」

そう言って、ようやく大熊が少し身体を浮かしたときだった。

「おい、鷲崎じゃないか」

「なんだ、辻谷たちも来ていたのか」

（へ？）

視線を上げると、鷲崎がなんともいえない表情でこちらを見下ろしていた。

「わ、鷲崎さん!?」

「何をやっているんだ、五十嵐君。……それから大熊君」

自分の担当している売れっ子ストラテジストに怪訝《けげん》そうな顔で尋ねられると、さすがに大熊もそれまでとは打って変わった身軽さで邦彦の上から退いた。

（そんなに早く動けるなら、もっと早く退いてくれよ！）

声には出さないものの、邦彦は心の中で文句を言う。しかしようやく大熊が退いてくれたので、邦彦も起き上がることができた。

やはり、わざと邦彦の上に圧《の》し掛《か》かったとしか——そしてできる限りその体勢を取っていたとしか思えない。

けれども大熊は悪びれもせず、鷲崎のほうに素早く向くと挨拶《あいさつ》をした。

「鷲崎さん、それに鳥海《とりうみ》さんも。まさかここでお会いできるとは思っていませんでした」

(鳥海さんも来ていたのか)

鷲崎の陰になっていて、邦彦の位置からは見えない。少し頭を横にずらすと、鷲崎の後ろに鳥海が控えているのがようやく視界に入った。すると、やはりこちらを見ていた鳥海と目が合い、意味ありげに笑うのが目に入る。

(なんだっていうんだよ)

鳥海の笑い方は、あたかも「まずいところを見られちゃったね」とでも言いたげに取れたが、邦彦にしてみれば心外である。

けれども、すぐにそれどころではなくなった。というのも、

「私もだよ。ここは料理が美味いからね。たまに来るんだが——」

そう言って、鷲崎がまた邦彦のほうをチラッと見たからだ。

い。

（まずい！）

邦彦は総毛立った。表面上は平静を装《よそお》っているが、あれは相当頭に来ているに違いな

もっとも、いくら公の場で偶然を装っているからとはいえ、自分の恋人が他の人間に組み伏せられているのを見るのはいい気がしないのは、邦彦にもよくわかる。

（まったく余計な火種を作りやがって～）

恨みを込めて、ガタイのいい大熊を睨み付けるが、当の本人はまるで気にせず、それどころか鷲崎と鳥海の席作りに勤《いそ》しんでいた。

「大勢で飲んだほうが楽しいですから、ご一緒しませんか。良いですよね、皆さん」

大熊にそう言われると、邦彦たちには「否《いな》」とは言えない。邦彦たちからすれば、鳥海は同じ日に書籍を発売するライバルなのだが、大熊にしてみればどちらも自分の担当なのだ。

それに鳥海も心境は複雑なのだろう。大熊の誘いに戸惑った顔を見せていたが、そんな部下の躊躇《ちゅうちょ》には頓着《とんちゃく》せず、鷲崎が二つ返事で応じた。

「そうか？　悪いな。それじゃ合流させてもらうとするか、鳥海」

鳥海の返事を待たず、鷲崎は辻谷の隣にさっさと腰を下ろした。心情としては邦彦の隣

に座りたいのだろうが、さすがに彼もそこまではしなかった。

しかし決して機嫌が直ったわけではないことは、邦彦と大熊にちらっと投げかける厳しい視線からも読み取れた。

（あ〜あ）

踏んだり蹴《け》ったりとは、まさしくこのことだった。


「かんぱ〜い！」

鷲崎と鳥海も席に加わったことで、改めて乾杯をした後、互いに競い合っている者同士、気まずい雰囲気になるかと思われたが、そこは大熊も編集としての腕の見せ所で、そんなことがないように話を振る。

「それにしても、鷲崎さんもこの店の常連とは嬉しい驚きですね」

「常連と言うほどではないけど、ここは座敷でくつろげるし料理が美味いからね。辻谷と違って私は独り者だから、外食ばかりだとどうしてもこういう家庭料理が食べたくなるものなんだよ」

「おまえなあ、美人のカミさんを二度ももらっていて、まだそんな贅沢《ぜいたく》を言うのか〜」

どうも今日は辻谷にとって、アキレス腱《けん》を踏まれる日らしい。

そんな上司たちのやり取りを聞きながらも、邦彦は隣に座った鳥海にどう話し掛けようか悩んでいた。

今、一番気になることは、やはり原稿の事だ。けれども酒の席で、それを持ち出すのは無粋にも思える。

（でもなあ、他の話題も白々しいし）

思い切って聞いてみようか。そう決心して、邦彦が口を開こうとすると、それより早く鳥海が話し掛けてきた。

「どう？　原稿のほうは」

（う！　直球！）

しかし、それこそまさに邦彦たちが聞きたいと思っていたことだったのだ。邦彦はありがたくそれに乗る。

「はあ、まあなんとか。鳥海さんは？」

「僕？　どうにかね」

鳥海は穏やかな顔に笑みを浮かべた。

表面上は、同じようなことを言っているにもかかわらず、鳥海の口調には腹立たしいほど余裕があった。自分の書いているものに自信を持っている――そのことが自然と窺《うかが》える。大熊から「順調ですね」と言われて、邦彦たちがホッとしているのと比べると雲泥《うんでい》の差《さ》だ。

(くそっ！　聞かなきゃ良かった)

わかってはいるものの、差を見せ付けられたようで、やはり悔しい。

邦彦が自棄《やけ》のように冷酒をぐいと飲んでいると、突然大熊が話に割り込んできた。

「そうですか、それは喜ばしいことですね」

(え?)

またしても、である。それがこの男の癖なのか、それとも編集とはそういうものなのか、つい今しがた、鷲崎や辻谷と話していると思ったら、ちゃっかりと湯原と席を替わり、鳥海の横に座って話に加わろうとしている。

それにはさしもの鳥海も驚いたようで、

「あ……ええ」

目をぱちくりさせていた。いつも穏やかで、ほとんど表情を崩さない彼にしては珍しい。

「鳥海さんもエレクトロニクスグループの皆さんも、私が見込んだ方々ですからね。原稿に関してもなんら心配はしていませんが、それでも両方が順調に進んでいると安心しますよ」

大熊はそう言うと、つい先程邦彦に注いでいたように、鳥海に徳利を差し出す。

「さあ、どうぞ」

「……恐れ入ります」

鳥海はお猪口を取り上げて、大熊に酒を注いでもらうと、ぐいと飲む。そして返礼に、今度は徳利を持つと、大熊のお猪口に酒を注いだ。大熊は美味くて堪《たま》らないとばかりに酒を飲み干すと、さかんに鳥海に話し掛ける。

「そういえば鳥海さんとはこうして飲むのは初めてでしたよね」

「そうですね」

「こうして、期待の二冊の著者さんたちと飲む機会があって、今日は私としてもラッキーでした」

大熊は満面の笑みで鳥海に笑い掛ける。

「それはどうも」

「鳥海さんはご兄弟は？」

「姉が一人おりますが」

「お姉さんですか！　それじゃ鳥海さんに似て、さぞかし美人でしょうねぇ」

「いえ、そんな……」

鳥海が苦笑すると、大熊は大きく手を振った。

「ご謙遜《けんそん》ですよ。ちなみにお姉さまのご職業は？」

「損保に勤めています。外資の」

「損保ですか。損保っていいいますと、今はどういった感じなんでしょうかね」

「そうですね」

その様子を見ていた邦彦は呆気《あっけ》に取られて、酒を飲む手も自然と止まった。

（すごい……。あの鳥海さんが押されている）

そうなのだ。何事があっても余裕のマイペースを保っているはずの鳥海が、明らかに困った様子を見せていた。

大熊の振ってくる話題はプライベートなようでいて、きちんと鳥海たちの仕事に絡《から》めて話してくるので、それを振り切るのはかなり難しいだろう。

無論、担当編集と著者なので、時にはプライベートなことを話すのは、先程の辻谷のことからもわかる。とは言うものの、辻谷のあれはほとんど愚痴だったが。

しかし大熊がそれだけで鳥海に話し掛けているのではないだろうことは、大熊の発している雰囲気から読み取れた。

先程邦彦ににじり寄ってきたときと、大熊の目つきが同じなのだ。

（鳥海さんには申し訳ないけど、助かるよな〜）

大熊の態度には困っていたのだ。それになんと言っても、鳥海は普段から鷲崎との間を邪魔しているような気がする。なので、この状況は邦彦にとっては非常に嬉しいことだった。

しかし鳥海も、いつまでも大熊に押されっぱなしではなかった。

「大熊さん、僕とばかり話していては、スミス・シェファード証券の皆さんに失礼ですよ。ねえ、社長」

そこで隣にいる邦彦に尋ねてこないのはさすがである。邦彦に聞けば、

「いいえ。とんでもありません」

と答えてくるのは、社会人としても個人としても当たり前のことだからだ。

しかしそこへ口を挟んだのが辻谷だった。

「鳥海君、酒の席なんだから、そんなことは気にしなくていいよ」

辻谷にしてみれば、鳥海が自分たちに気を使ったと取ったのだろう。まさか大熊が妖《あや》しげな目つきで、鳥海ににじり寄っているとは夢にも思わない。

しかも鷲崎も鳥海の予想に反して、

「――だそうだ。辻谷がこう言ってくれているんだ。良いじゃないか。大熊さんとのやり取りはメールが多いんだろ？　この際だから、大熊さんといっぱいしゃべっておけ。そのほうが仕事がやりやすくなるぞ」

「社長！」

鳥海が珍しく声を荒らげた。

邦彦の前ならともかく、他のメンバーたちの前で、穏やかな表情を崩したことのない鳥海のそうした言動に、皆少なからず驚いたが、鷲崎は部下の態度に笑って応《こた》えるだけだった。

「おお、怖い怖い」

鷲崎の大げさな怖がり方は、鳥海のいつもとは違う面を洒落《しゃれ》にしてしまった。鳥海もまさか皆のいる前で、それ以上強くは出られない。

大熊は鷲崎の許しを得たとばかりに、鳥海に強引に酌をする。

「鷲崎さんも辻谷さんもああおっしゃってくださっていますし、スミス・シェファード証券の皆さんとも先程まで打ち合わせをしていましたから。ね、皆さん」

研究所で打ち合わせをしたのも、鷲崎たちが来るまで、大熊が邦彦たちと話していたのも――たとえ、後半邦彦に掛かりきりになっていたとしても――本当だったので、邦彦たちは頷いた。

「そういうわけで、さ、鳥海さん」

「……はあ……」

鳥海は、硬い表情のまま、会が終わるまで大熊に捉《つか》まっていた。

8

　それから約二時間後、ようやく慰労会が終わった。終わった頃にはいい加減、皆酔っ払っており、それぞれ同じ方向の者同士タクシーに同乗して帰ることになった。

　酔いが回って真っ赤な顔をしている辻谷《つじたに》は、湯原《ゆはら》とタクシーに乗り込みながら邦彦《くにひこ》に向かって片手を挙げてみせる。

「五十嵐《いがらし》、鷲崎《わしざき》のこと頼んだぞ」

「わかりました。さあ、鷲崎さん」

　邦彦は鷲崎を抱えるようにして、停《と》めたタクシーに乗り込んだ。鷲崎にしては珍しくふらふらになるまで飲んでいた。

（そんなに飲んでいたっけ？）

　今日は大熊《おおくま》の動向に注意を向けていたため、鷲崎がどれぐらい飲んでいたか見ていなかった。大熊に接近されているときはもちろん、ターゲットが鳥海《とりうみ》に移ってからも、完全には安心できなかったのだ。

けれども一方で、鷲崎がこれだけ酔《よ》い潰《つぶ》れていると安心もする。

いくら未遂とはいえ、大熊に押さえ込まれた現場を目撃されたのだ。これで素面《しらふ》だったら、どんなに責められたことか。

(なんだか今日は疲れる日だったなぁ)

書籍の原稿だけでも大変なのに、他のことでも気を張っていなければいけないのは、なお疲れる。

思わず邦彦がため息を吐《つ》くと、いきなり鷲崎の身体《からだ》が寄り掛かってきた。

「鷲崎さん……?」

「ん……」

だが隣からは鷲崎の気持ち良さそうな寝息が聞こえるだけだ。

(天下泰平で羨《うらや》ましいよ、まったく……)

「運転手さん、次の角を右へ曲がってください」

「はい」

タクシーは空《す》いている道を右へ曲がった。

新宿《しんじゅく》から初台《はつだい》の鷲崎のマンションまではあっという間だった。

鷲崎の住んでいるマンションはフロントが設置されており、普段はコンシェルジェと呼ばれる人物がいるのだが、さすがに夜中になると常駐はしておらず、フロントにあるベルを呼べば夜に在駐の警備員が来てくれることになっている。

鷲崎は大柄で運んでいくのが大変だったが、警備員を呼ぶのも気が引け、自分の肩に手を回させ、なんとかエレベーターに乗せる。彼の部屋へ辿《たど》り着《つ》いた時には、はっきり言って汗だくものだった。

「ただいま～。鷲崎さ～ん、家へ着きましたよ～」

鷲崎を半ば引きずるようにして玄関へ上がったが、なんといってもこの家は広い。ベッドルームはずっと歩いていって左手の奥だ。

(こういうとき、広い家は不便だよな)

邦彦が住んでいるワンルーム・マンションだと、入って数歩歩けばすぐにベッドへバタンキューとできるのだが、ここではそうはいかない。

長身の鷲崎が酔って邦彦に身体を預けてきているため、かなりな重労働だ。鷲崎の身体に力が入っておらず、ぐにゃぐにゃしているため、歩かせるのも倍の労力が必要だった。

普段なら何も考えずに歩く鷲崎の家が、いつも以上に広く感じられる。

「もうちょっとですからね～」

すでに鷲崎に言っているのか、自分に言い聞かせているのかわからない状況で、鷲崎の腕を自分の肩に掛けさせ、抱えるようにしてベッドルームへ向かった。


久しぶりに来る鷲崎の家は、相変わらず整然と整えられていて、あまり生活感がない。

ベッドカバーもきちんと整えられていて、強いて言えばナイトテーブルの上に置かれたプレジデントや東洋経済といった雑誌が、人が住んでいることを示していた。

「よいしょ」

身体を傾け、なるべく衝撃が少ないように鷲崎の身体をキング・サイズのベッドに横にさせる。そして鷲崎のネクタイを緩めてやろうとした途端――、

「ん⁉　あれ？　あァッ⁉」

いつの間にか身体の位置が入れ替わっている。邦彦の身体がベッドに横たわり、鷲崎が覆《おお》い被《かぶ》さるような形になっていた。

「え？　鷲崎さん？　どうし……」

全《すべ》て言い終わる前に唇を塞《ふさ》がれる。酒臭いと思う暇もなく、舌先をきつく吸われ、歯の裏側の敏感な部分をねっとりと嬲《なぶ》られる。

「ん……、ん、ん……、う……ん、ん……」

気がつかないうちに、色っぽい鼻に掛かった声が邦彦の喉《のど》から漏れた。飲みきれない唾《だ》液《えき》を追って、邦彦のネクタイとワイシャツを器用に緩めながら、鷲崎の舌が唇の端からうなじを辿って舐《な》める。

「あ……っ」

ぞくっとした快感に、思わず首を竦《すく》めると鷲崎が笑う。

「感じるか？　うん？」

耳朶《じだ》に直接流される低い美声は、脊髄《せきずい》を震わせる。

「……いや……だ……」

「『いや』じゃなくて『いい』だろ？」

含み笑いを浮かべながらも、再び濃厚にキスをされる。

気持ちが良かった。ねっとりした舌の感触はゾクゾクして、頭の中に靄《もや》が掛かったようになる。

そうしている間にも口づけは深くなっていく。息もつかせないほどに――。

（ずっとこうしていたい……）

そう思いかけ、邦彦の手が鷲崎の肩に掛かりそうになった瞬間、ハッとなった。

「騙《だま》したなー!!」

邦彦は怒鳴ると同時に、肩に掛ける代わりに、鷲崎の顎《あご》に手を掛けて上を向かせた。

「アイテテ……！　邦彦、放しなさい！」

「何が『放せ』だよ！　あんた、酔っ払っていなかったんだろう!?」

ついつい迂闊《うかつ》にも口づけの心地よさに酔ってしまっていたが、酔っ払っている人間があんなに見事に邦彦と位置を入れ替えられるはずがない。

それが証拠に、先程までのどんよりとした目はどこかへ行き、鷲崎はいつもの鋭いまなざしを邦彦に当てていた。

「バレてしまっては仕方がないな」

「なんでこんなことをしたんだよ！」

しれっとした言い方にも腹が立つ。

鷲崎は邦彦に押しのけられた顎の辺りを撫《な》でながら、

「そうは言っても、酔ったふりでもしなければ、君はうちに来なかっただろう？」

「当たり前じゃないか。用もないのにそんなことをしたら、皆にばれちゃうよ」

ただでさえ鳥海は二人の関係を知っているのだ。もちろん彼も、以前自分で言っていたように「日本の社会は、まだそういったことに寛容ではない」ことを認識しているから、自分が勤めている会社の社長のことを皆に喋《しゃべ》ったりはしないだろうが、飲み会の帰りにわざわざ鷲崎の家へ行くというのは、千鶴《ちづる》たちには奇異に映るだろう。

そんな危ない橋を渡ることはできなかった。

「でも私は君に用があったんだよ」

「用って……そんなの明日電話かメールでも」

「私は今日中にすっきりしたかったんだ」

鷲崎のきっぱりとした口調に、すっかり忘れていたことが脳裏に蘇《よみがえ》る。邦彦の顔色がすっと変わった。

「そう。心当たりがあるようだね」

「あの……もしかして……大熊さんのこと……？」

今の今まで強気だった口調はどこへやら、邦彦の視線が泳ぎ出す。が、鷲崎はそんなことは許さなかった。

「もしかしてもしなくても、大熊君のことだ。邦彦、正直に言いなさい」

「いや……だから、あの……、あれはさ、事故っていうか偶然って言うか。大熊さんが上着を取ろうとしたら、酔っ払っていたみたいでバランスが崩れて、それであんな格好に……」

理路整然と説明しなければならない場面なのに、どうもそうはならず、しどろもどろになってしまう。邦彦が上目遣いで鷲崎を見ると、鷲崎は明らかに疑いの目で邦彦を見返していた。

(そうだよなぁ……)

自分でも信じていないことを、相手に信じさせるというほうがどだい無理なのだ。

「あの……鷲崎さん」

「邦彦、私は大熊君の編集としての能力は買っているが、信用しているわけではないよ。特に男としてはね」

「え?」

(それって)

この場合の「男」というのは、性別としての「男」ではないだろう。

「失敗だったよ。私としたことが読みが甘かった。大熊君が君を見逃すわけがなかったんだ。仕事だから大丈夫だろうと油断した私が馬鹿《ばか》だった」

鷲崎の言いたいのは、つまり恋敵としての「男」——そういうことだろうか?

「鷲崎さん」

「さっきの飲み会の一件は、百歩譲って君が話したことに近かったのかもしれないが。——もしかしたら他にもあるんじゃないのか？」

ドキッとした。図星を指されて、自分でも気がつかないうちに、瞬間視線を逸《そ》らせる。それがまずかった。

「やはりそうなんだな。言いなさい、邦彦」

「なんにもないって！」

「だったらなぜ私の目を見ない」

「見てるよ、ほら」

邦彦が鷲崎を直視すると、鷲崎の目が眇《すが》められた。

「やはり嘘《うそ》だな。君の目に『嘘』だと書かれてある」

（そんな馬鹿な！）

そう叫びたかった。けれどもそう叫んだが最後、鷲崎の攻撃が始まるかと思うと、恐ろしくてとてもそんなことはできない。

ともかく嫉妬《しっと》深いのだ。本当のことなど言おうものなら、どんな目に遭わされるか。

「あの……今日はもう遅いし、明日もあるから、俺、帰るね」

ここは逃げるしかない。卑怯者《ひきょうもの》と誇《そし》られようとなんだろうと、逃げるが勝ちだ。

そう決心して、なんとか鷲崎の身体の下から逃れようと起き上がろうとするが、すぐに押し返されてしまう。

「言わないつもりか？」

「つもりも何も、何もないいんだし」

「……そうか。そっちがその気なら――」

何か言う暇もなく、口を口で塞がれる。それだけではない。ワイシャツの上から乳首を弄《いじ》られる。

「ん……っ」

まさかそう来られるとは思っていなくて、身体が仰《の》け反《ぞ》る。

「気持ち良いか？　邦彦」

気持ちの良いなんて生易しいものではなかった。さっきキスされて上がっていた体温が、また一段と上昇したようだった。ワイシャツ越しに乳首を弄られ、生地の擦《こす》れる微妙な感じが堪《たま》らない。

男の身体は正直だ。熱が下半身に集中し始めるのがわかる。

「あ……、う……」

「さあ、言いなさい、邦彦。大熊君と何があった？」

そんな言い方をされると、まるで邦彦が大熊と浮気《うわき》か何かをしたようではないか。邦彦は大熊に迫られて、大変だったというのに。

（理不尽だ）

怒りが邦彦を意固地《いこじ》にさせる。邦彦が鷲崎を一睨《ひとにら》みして横を向くと、鷲崎もまた眉根《まゆね》を寄せた。

「そんな態度だと、ますます疑いが濃くなるだけだぞ」

「そんなの……そっちが勝手に思っているだけだろ⁉」

弱気は禁物だ。強気に出ていないと、鷲崎には見抜かれてしまう。

すると――。

「ふうん」

鷲崎は唇に笑みを浮かべた。

「な、なんだよ」

邦彦の身体が強張《こわば》った。危険だ。鷲崎があいう笑い方をするときは、非常に危険だった。

そして邦彦の予感は悲しいぐらい当たっていた。

「あ、……っ、やめろって……ば……」

そう言いながらも、邦彦の息は甘く乱れ、男の愛撫《あいぶ》に顔を上気させていた。

「やめろ？　やめていいのか？」

男はあくまでも余裕で、邦彦を喘《あえ》がせる。

いつの間にか邦彦のワイシャツは前がすべて開かれ、ズボンは下着もろとも脱がされ、靴下だけという、なんとも情けない格好にされていた。それだけでない。両脚を大きく広げさせられると男の肩に掛けさせられ、男の目に蕾《つぼみ》を晒《さら》させている。

男が邦彦の敏感な内股《うちまた》を摩《さす》ると、ぴくぴくと小刻みに震える。感じている証拠だ。

「相変わらず敏感だな。ここも触らせたのか？」

「だから……、触らせて……いないって……！」

掠《かす》れながら否定する言葉に、男は口元を歪《ゆが》ませる。

「本当にそうかな？」

「当たり前じゃないか……あっ！」

男が勃《た》ち上《あ》がっている邦彦の先端を舐め上げたのだ。刺激が強すぎる。邦彦自身がひくひく震える。

「ん……っ、あ、やめろ……って……！」

「どうして？　いつも私がこうやってやると喜ぶじゃないか。──嫌がるところが怪しいな。もしかして」

男が目を眇め、邦彦を注視する。

「まさか本当にここを触らせたわけじゃないだろうな」

そう言うと、男が邦彦自身を撫《な》で上《あ》げた。

「……ッ！」

邦彦は息を呑《の》んだ。刺激に、先端から蜜《みつ》がじんわりと漏れ出てくる。

「すぐに濡《ぬ》れて。誰に触られてもこうなるのか？　うん？」

「馬鹿野郎……！」

「言葉遣いが悪いぞ、邦彦」

そう言うと、男は先端をくりくりと微妙なタッチで撫で摩る。

「……んんっ」

もう我慢ができなかった。恥を忍んで自身に手を伸ばしかけると、男が意地悪くそれを払い除ける。

うにかしてほしい。


「辛抱が足りないぞ？　邦彦」

「そんなの……！　だって……！」

邦彦は焦《じ》れったそうに腰を蠢《うごめ》かせた。身体が燃えるように熱いのだ。早くこの疼《うず》きをど
うにかしてほしい。

切ない息を吐き出す邦彦に、男は悪い笑みで応《こた》える。

「我慢できないのか？　我慢できないなら、ほら」

「え……？」

身体の熱さにぼうっとしていると、男が邦彦の両手を掴《つか》み、頭上で一纏《ひとまと》めにすると、
ベッドの脇《わき》に放《ほう》り出《だ》してあった邦彦のネクタイで両手を素早く縛った。

「鷲崎さん！」

これでは自由になるのは脚しかない。しかし脚にしても、男の両肩に掛けられているあ
られもない姿なのだ。どうすることもできないに等しかった。

そんな邦彦の姿を、男は満足そうに見下ろした。

「これでもうオイタはできないだろう」

「オイタってあんたね……！　ともかく早く解《ほど》けよ！」

「駄目だ」

「怒るからな！」

「結構だよ」

まるで本気にしていない口調でそう言うと、男は頭を下げて、先端から蜜を零《こぼ》している邦彦自身を口に含んだ。

「あ!!　ああ……ん！　あああ……！」

すさまじい快楽に、邦彦の背中が反り返る。ぺちゃぺちゃというういやらしい音が、静かなベッドルームに卑猥《ひわい》に響く。クーラーがついているにもかかわらず、ワイシャツの下はじっとりと汗をかき、いつの間にか男の口淫《こういん》を積極的に受け入れるように、邦彦は腰を突き出していた。

「あ、あ……あ……、あ……っ、鷲崎さん……あ……」

「いいか？　邦彦？　うん？　もうここがべたべただぞ？」

からかうように言うと、男は邦彦の幹を舌でなぞる。

「いやだ……、そんなこと言うな……って……、あっ……、や……、達《い》く」

邦彦が我慢できずに身体を強張らせたとき、鷲崎が邦彦自身から口を離し、根元を指できつく締めた。

「え……？」

もうすぐそこまで来ていた熱が、なんとも中途半端《はんぱ》な形で置いてきぼりにされてしまった。身体ばかりがぐずぐずと火照《ほて》っている。

「鷲崎さん……どうして……？」

欲望で曇った目を男に向けると、男は意地悪く笑った。

「君が本当のことを言わないからだよ。達かせてほしかったら、本当のことを言うんだ」

あまりのことに、邦彦は目を見開いた。

まさかこんなことで聞き出そうとするとは！

「卑怯だぞ……！　こんな……」

「いかなるときも調査・分析は必要だよ、邦彦。君は強情だからな。こうでもしないと本当のことを言わないだろう？」

そう言うと、男はカチカチになった邦彦自身を指で弄《いじ》る。触れるか触れないかの微妙なタッチが、余計官能を煽《あお》った。

「……あ、……ん……」

中途半端な愛撫は、身体を疼かせるだけだ。もう少し強く触ってくれれば達けるのに、男は絶対にそうしようとしなかった。

「……鷲崎さん……！」

「どうする？　言うのか、言わないのか」

男は、自身を弄《まさぐ》られて腰をくねらせている邦彦を楽しそうに見下ろしていた。邦彦は快感で生理的に浮かんだ涙を溜《た》めながら男を睨み付けたが、どうがんばっても男の態度が変わる気配はなかった。

この熱を吐き出す方法は一つしかなかった。

「……わかったよ。言うよ」

「いい子だ」

男は満足そうに頷《うなず》くと、再び欲望でひくひく震える邦彦自身を含んだ。先端を舌でつつき、敏感な括《くび》れを舌で執拗《しつよう》に舐め、二つの根元を愛撫する。途端に邦彦の背中を、耐えられない熱が走った。

「はぁ……！　ああ、あああ……ん！　ああっ、ああ!!」

あられもない声を上げると、男の口腔《こうこう》に熱を解き放つ。

ようやく達せられ、ベッドにぐったりと身体を預け、荒い息を何度も吐いた。顔を上げると、男が邦彦の額の汗をぬぐってくれる。

「ごめん……俺、口に」

「構わんさ。おまえのものだ」

「鷲崎さん……」

こういうとき、恥ずかしながら愛されているのを感じる。

そう。愛されているのだ。ひどく。

けれども男は感動する暇を与えてはくれなかった。焦れったそうに促してくる。

「邦彦、それで？」

仕方がない。約束である。邦彦はため息を一つ落とすと、なるべく鷲崎に衝撃を与えないように軽い口調で告白した。

「触られた」

「なんだと⁉」

自分で散々しつこく聞き出しておきながらも、鷲崎の怒りようといったら尋常ではなかった。

「『触られた』だと⁉　触られたって、おまえ……！　いったいどこをだ⁉」

「最初の打ち合わせの後、尻《しり》をちょっとね」

「尻⁉」

鷲崎は目を剝《む》くと、邦彦の身体を両手を縛ったそのままの姿でうつぶせにひっくり返した。

「あの野郎〜！　邦彦、おまえはあの男にここを触らせたのか！」

鷲崎はまるで邦彦が故意に大熊に尻を触らせたとでも言うように、邦彦の尻を荒々しく揉《も》む。

「バ……カ……！　違うって！　あいつが勝手に……！」

「ここも触らせたわけじゃないだろうな！」

男は嫉妬の色を隠そうともせず、邦彦の尻を割り広げると、蕾に指を這《は》わせる。

「ん……っ」

その感触に蕾をひくつかせると、ますます怒りの色を浮かべる。

「どうなんだ？　まさかここも触ったわけじゃないだろうな？」

「そんなわけないだ……ひゃっ」

邦彦の声が裏返った。男の舌が蕾を舐めたのだ。

「あ……、ん、……鷲崎さん……」

「いやらしい声をして。あいつにもそんな声も聞かせたのか？　うん？」

舌が蕾に入り込み、敏感な襞《ひだ》の一枚一枚を丁寧に舐めていく。幾度となく愛し合った身体は、男の愛撫を当然のように――そして待ち望んでいることが、蠢く襞からもよくわかる。

「そんなの……、ちらっと触られただけで……こんなこと、あんた以外に……」

「当たり前だ。私の邦彦にそんなことをする奴《やつ》がいたら殺してやる！」

物騒なことを憤懣《ふんまん》やる方ない口調で言うと、男は蕾を舐めねぶる。くちゅくちゅという音を立てながら、蕾を熱心に舐められると、身体がどんどん蕩《とろ》けていく。

「あ……、あ……駄目……」

「駄目じゃないよ。おまえのここは気持ち良さそうにひくついているぞ、ほら」

「ああ……ん！」

邦彦が腰をくねらせると、舌が出ていき、代わりに指が入れられる。唾液《だえき》で蕩けさせられている蕾は、あっさりと男の指を受け入れた。

「あ、あ……ん、あ……あっ、そこ……っ」

「ここだろう？　わかっているよ」

男の指が、邦彦の弱い箇所を何度も摩る。そのたびに邦彦はあられもない声を上げながら、身体をぴくぴくと小刻みに震わせる。

「……あ、あ……あ、あぁ、……鷲崎さん、……もう……」

腰だけを突き出した淫《みだ》らな姿で、切羽詰まった声で男を請《こ》うと、男もまたぎりぎりだったのだろう。

「邦彦」

甘い声が耳元で囁《ささや》かれたと思うと、蕾に熱《いき》り立《た》った男が押し当てられる。ぐちゅっという淫《みだ》らな音に心臓が大きく高鳴る。

「あ……」

「入れるぞ」

声と共に、硬くて大きいものが蕾に押し入ってくる。

「……う……！」

蕾が大きく開かれ、その中でどくどくと男が息づいている。生々しい感触に、邦彦の喉が鳴った。それと同時に、意識せずに男を締め付けてしまったらしい。男の唾《つば》を飲み込む音と、苦笑が聞こえる。

「邦彦、そんなに締め付けないでくれ」

「……そんなの……」

掠《かす》れた声が男の劣情を煽る。

「邦彦……！」

男は邦彦の腰を勢い良く抱き寄せると、蕾の奥深くまで自身を突き入れた。そして激しく腰を動かし始めた。

「あ、あ、あ、……ん、駄目だよ……、ベッドカバーが汚れ……る……」

「そんなのは構わん。おまえが誰のものか、はっきりわからせないとな」

まるでそこに大熊がいそうな口ぶりで、邦彦を何度も揺さぶる。弱い箇所を何度も硬いもので擦られると、先程熱を解き放ったにもかかわらず、邦彦自身もまた熱く勃《た》ち上《あ》がってしまう。

獣の形で背後から男に犯され、身体中を電流が流れる。

息が上がり、汗が噴き出る。背中に張り付いていたワイシャツは、男の激しい動きに背中の上のほうまで捲《めく》れ上《あ》がってしまっていた。

「……あぁ！　ああ……ん！　……あぁ!!」

「邦彦、いいよ。私だけのものだ、邦彦……！」

ぐいと腰を突き入れられ、弱味を擦り上げられ――。

「ああぁ！　ああ、あああぁ……っ！」

悲鳴のように甘い声が上がった瞬間、男は邦彦の中に熱を解放し、邦彦もまた蜜を吐き出した。

だが、それで終わりではなかった。

邦彦の両手を縛っていたネクタイは解いてくれたものの、今度は仰向けにされて、正面から男を受け入れさせられたのだ。

「……鷲崎さん……、あ……もう嫌……」

「本当に？　嫌と言いながら、私を締め付けて放さないのは君だろう？　うん？」

男は笑いながらも、腰を入れてくる。

男の言葉に嘘はなかった。こんなに何度もしたら、明日会社に行けなくなるとわかっていながらも、蕾は男に纏《まと》わり付いて放そうとしない。

「だけど鷲崎さん……」

最後の抵抗を試みるものの、男は非情にも却下する。

「駄目だ。放さないよ、邦彦。大熊君になんて触らせた罰だ」

「だから、それは俺はべつに……、アッ」

敏感になっている乳首を軽く噛《か》まれ、嬌声《きょうせい》が零れる。

男のしつこいほどの情熱は明け方近くまで続いた。


〈続く〉

あとがき

こんにちは、井村仁美《いむらひとみ》です。お久しぶりの「アナリストの憂鬱《ゆううつ》シリーズ」は「愛のレイティングAAA《トリプルエー》」上巻となりました。

今回は初登場のキャラクターもいまして、担当さんも私も通称〝熊夫《くまお》〟と呼んでおります。本文を読んでいただければわかるのですが、名前は「大熊森夫《おおくまもりお》」と言います。ですが、担当さんとあまりにも〝熊夫、熊夫〟と呼んでいたせいで、途中「大森熊夫」と本気で思ってしまっていて、読み直したときようやく気がつき、焦って直しました（笑）。

今後、その〝熊夫〟が邦彦《くにひこ》にどのように絡んでいくのか、そして鷲崎《わしざき》はどうするのか。下巻をお楽しみに……と、ここまで書いて気がつきました。

銀行員シリーズは、以前にも書きましたが苗字《みょうじ》を植物関係でまとめているのですが、アナリストは鷲とか熊とか鳥とか生き物関係が多いですね。こんなことなら邦彦もそっち関係の苗字にすればよかったかもしれません。白鳥《しらとり》邦彦とか（いったいどこから〝白鳥〟が出てきたのでしょうか……・笑）。

ところで〝熊夫〟登場のシーンですが、これは私が銀行を辞めて、初めて出版関係の方々とお会いしたときの感想が元になっています。

どういうわけか、あの頃お会いした担当さんや社長さんは皆さん、揃《そろ》いも揃って派手なアロハシャツを着ていらしたのですよね。その頃、銀行を辞めたばかりで、スーツ姿以外の男性を会社で見かけたことがほとんどなかった私にとっては、大きな驚きでした。

「……えらい世界に来てしまった」

それが偽らざる、あの当時の感想です（爆笑）。

もっとも派手なシャツを着ている方は今でもいらっしゃるのですが、最初のときのような「驚愕《きょうがく》！」はなくなりました。慣れって怖い（笑）。

そして遅くなりましたが、デビュー十周年を記念して「アンバサダーは夜に囁《ささや》く」を発行の際には、東京、大阪、WEBの三箇所でサイン会をしていただきました。ご参加くださいました皆様、その節はどうもありがとうございました♡

どこの会場でも多くの方々にお集まりいただき、いろいろお話しさせていただきまして（WEBサイン会は除いてですが・笑）、とても楽しかったです。

それから小冊子全員プレゼントで、前回お知らせのページに載《の》せた「愛のレイティング

AAA」を「アナリストの憂鬱シリーズ」と記さなかったばかりに、「ルティア王国大使館シリーズ」と思われている方が少なからずいらっしゃるということを販売部のほうから聞きました。

「アンバサダーは夜に囁く」を書く前からアナリストシリーズとして「愛のレイティングAAA」のプロットを立てていたものですから、私も担当さんも、読者の方にそう思われてしまうかもしれないという可能性にまるで気がついていませんでした。一言「アナリストの憂鬱シリーズ」と書いておけばよかったと反省しきりです。大変申し訳ありませんでした。小冊子全員プレゼントについては、二〇四ページをご覧ください。

「講談社ガールズ・i」http://girlsi.jp でも小説を掲載していただいておりますので、よろしかったらそちらもご覧ください。

今年の九月には講談社さんから「アンバサダーは夜に囁く」のCDも無事に出していただくことができました。二枚組みで、書き下ろし小説「試着室で紳士のたしなみ」（ドラマCD化していただきました）やアフレコ・レポートを中の小冊子に載せていただいています。

キャストは左記の通りです。

天羽陸《あもうりく》……福山潤《ふくやまじゅん》さん、アレックス……諏訪部順一《すわべじゅんいち》さん、クリス……子安武人《こやすたけひと》さん、周防省吾《すおうしょうご》……鳥海浩輔《とりうみこうすけ》さん、森郁夫《もりいくお》……鈴村健一《すずむらけんいち》さん、ベルナール……中田譲治《なかたじょうじ》さん、ジャック……三木眞一郎《みきしんいちろう》さん、ボワイエ……平川大輔《ひらかわだいすけ》さん、道明寺教授《どうみょうじ》……中原茂《なかはらしげる》さん、カロリーヌ……本田貴子《ほんだたかこ》さん、天羽円《まどか》……三石琴乃《みついしことの》さん

公式HPは http://imura.web.infoseek.co.jp/
i-mode用は http://imura.web.infoseek.co.jp/i/ です。なかなか更新できないため、一部縮小して運営中ですが、どうぞ遊びにいらしてくださいね。

イラストの如月《きさらぎ》さんには、お忙しいところまたしてもありがとうございます。下巻もどうぞよろしくお願いいたします。

担当のノブさん、奥村さん、佐々木さんもありがとうございました。

それでは次回、「愛のレイティングAAA」下巻でお会いできると嬉しいです。

二〇〇五年十一月吉日

井村仁美《いむらひとみ》

デビュー10周年記念

小冊子全員プレゼント

のお知らせ

♥井村仁美先生のデビュー10周年を記念して、既刊『アンバサダーは夜に囁く』と、『愛のレイティングAAA《トリプルエー》㊤㊦』巻合計３冊分の応募券で、ご応募いただいた方全員に、特別書き下ろしの小冊子をプレゼントいたします。

♥応募券は、本のカバーについている三角コーナーです。カバーは捨てないでくださいね！　また、送料のみお客様ご負担となります。

♥くわしくは、『愛のレイティングAAA㊦』の巻末をご覧下さい！　どうぞ、お楽しみに！

井村仁美先生の『愛のレイティングＡＡＡ㊤』、いかがでしたか？
井村仁美先生、イラストの**如月弘鷹先生**への、みなさんのお便りをお待ちしております。

井村仁美先生へのファンレターのあて先
〒112-8001　東京都文京区音羽2-12-21　講談社　X文庫
「**井村仁美先生**」係

如月弘鷹先生へのファンレターのあて先
〒112-8001　東京都文京区音羽2-12-21　講談社　X文庫
「**如月弘鷹先生**」係

N.D.C.913　204p　15cm

井村仁美（いむら・ひとみ）

講談社X文庫

4月23日生まれA型。
趣味は読書と海外テレビドラマ鑑賞。増殖し続けるＤＶＤは、書庫の棚をもすでに制圧。これ以上どこに置けばいいのか。
作品に〝銀行員〟シリーズ、〝アナリストの憂鬱〟シリーズ、〝110番〟シリーズ、〝桜沢vs.白萌〟シリーズ、〝恋の診察室〟シリーズ、「う・わ・さのラブ♡フォーカス」「裏切りの報酬──スリリング・シティ」「アンバサダーは夜に囁く」がある。全シリーズドラマＣＤ化。

white heart

愛《あい》のレイティングAAA《トリプルエーじょう》[上]

アナリストの憂鬱《ゆううつ》

井村仁美《いむらひとみ》

●

2006年１月５日　第１刷発行

定価はカバーに表示してあります。

発行者──野間佐和子
発行所──株式会社　講談社
東京都文京区音羽2-12-21 〒112-8001
電話　編集部　03-5395-3507
販売部　03-5395-5817
業務部　03-5395-3615
本文印刷－豊国印刷株式会社
製本───株式会社千曲堂
カバー印刷－半七写真印刷工業株式会社
本文データ制作－講談社プリプレス制作部
デザイン－山口　馨

落丁本・乱丁本は購入書店名を明記のうえ、小社業務部あてにお送りください。送料小社負担にてお取り替えします。なお、この本についてのお問い合わせは文庫出版局X文庫出版部あてにお願いいたします。

ISBN4-06-255841-6